ENTFESSELT

CLUB V, BUCH 1

JESSA JAMES

Veröffentlich von Jessa James
James, Jessa
Entfesselt

Cover design copyright 2020 by Jessa James, Author
Images/Photo Credit: DepositPhotos: VitalikRadko

Hinweis des Herausgebers:
Dieses Buch wurde für ein erwachsenes Publikum geschrieben. Das Buch
kann explizite sexuelle Inhalte enthalten. Sexuelle Aktivitäten, die in
diesem Buch enthalten sind, sind reine Fantasien, die für Erwachsene
gedacht sind, und jegliche Aktivitäten oder Risiken, die von fiktiven
Personen innerhalb der Geschichte übernommen werden, werden vom
Autor oder Herausgeber weder befürwortet noch gefördert.

ÜBER ENTFESSELT:

Mr. Vance

Mein Blick glitt über sie. Die vorübergehende Barkeeperin, die in mein Büro gebracht worden war, weil sie den Jungfrauen-Auktionsraum gesehen hatte. Ich betrachtete ihre köstlichen Kurven und wusste, dass ich sie haben musste. Nach heute Nacht würde ich sie allerdings nie wiedersehen. Ich bekomme jedoch immer, was ich will. Ich bin der Besitzer des Club V und ich werde ihre Lust entfesseln, wie sie es noch nie erlebt hat. Ich kann es kaum erwarten, jede Kurve ihres jungfräulichen Körpers zu berühren und zu lecken.

Samara

Ich hielt den Auktionsraum im Club V nur für ein Gerücht. Bis ich den falschen Raum betrat. Ich hatte Angst, dass ich gefeuert werden würde. Doch als der Sicherheitsdienst mich zu Mr. Vance brachte, durchfuhr mich Erregung wie ein Blitz. Er war umwerfend, arrogant, geradezu großspurig und ich konnte den Blick nicht von der äußerst nackten Frau abwenden, die ein

Diamanthalsband trug und neben ihm stand. Dem Ausdruck von Lust und Sex in ihrem Gesicht, während er sie berührte, und der Art, wie er mich beobachtete, herausfordernd. Aber nach dieser Nacht würde ich ihn nie wiedersehen. Das heißt, bis das Schicksal alles veränderte... Himmel hilf!

Wenn du auf arrogante Männer, Jungfrauen und Angst stehst, dann lies weiter...

KAPITEL 1

ie Musik wummerte aus dem Club und drang hinaus auf die Straße, wo ich stand und eine Pause machte, um Luft zu schnappen, bevor ich wieder an die Arbeit gehen würde. Die Gasse stank nach kaltem Zigarettenrauch und Schlimmerem; irgendetwas in einem der Müllcontainer in der Nähe stank gewaltig. Ich würgte leicht und stählte mich, während ich zur Tür ging, auch wenn ich noch nicht bereit war, meine Pause bereits zu beenden. Ich konnte nicht genau sagen, warum ich an diesem Tag so empfand, aber in dieser Nacht war ich irgendwie nervös, zur Arbeit zu gehen, und irgendwo in meiner Magengrube hatte ich das Gefühl, als wäre irgendetwas einfach… nicht ganz richtig.

„Du musst nie irgendetwas tun, was du nicht willst", beruhigte ich mich selbst, wobei ich sicherlich wie eine entlaufene Irre aussah, wie ich dort vor dem Club stand und versuchte, mir einen Grund einfallen zu lassen, warum ich nicht reingehen konnte. Es gab viel zu viele Gründe, warum ich dort sein musste. Wenn ich jemals das College beenden wollte, würde ich meinen Job weiterhin machen müssen. Es war nicht unbedingt ein Job, von dem ich immer geträumt hatte, aber er bezahlte die Rechnungen, brachte Essen auf den Tisch und wenn mein Studium endlich fertig war, würde ich eine der wenigen Personen sein, die ich kannte, die nicht unter einem Berg Studentendarlehn begraben sein würde. Der Club bezahlte mich gut für die Arbeit, die ich machte, was es mir ein wenig erleichterte, mich damit abzufinden – und sie war auf jeden Fall besser als die Dutzend Kellnerjobs, die ich gegen Ende meiner Highschoolzeit und zu Beginn des Colleges gearbeitet hatte.

Und wenn ich vollkommen ehrlich mit mir selbst war, wusste ich, dass all das eine Notwendigkeit war. Meine Eltern konnten es sich nicht leisten, mich aufs College zu schicken, und wenn ich meine Bildung fortführen und mir eine gute Karriere aufbauen wollte, würde ich sie mir selbst finanzieren müssen. Wären sie dazu in der Lage gewesen, das wusste ich, hätten meine Eltern für die Bildung, Unterkunft und alles andere, das bei einem Collegeleben so anfiel, sofort bezahlt, aber dieses Leben führten wir einfach nicht. Meine Mom war seit der Geburt meines jüngeren Bruders Sekretärin in einer Anwaltskanzlei. Er war jetzt erst siebzehn und sie arbeitete noch nicht lange genug, um sich irgendeine Rente erarbeitet zu haben. Sie scherzte darüber, dass sie noch mit fünfundsiebzig hinter dem gleichen Tisch bei Keller, Lawson, Waterman und Keller sitzen würde, aber tief in meinem Inneren betete ich, dass das nicht der Fall sein würde. Das Geld war knapp und sie und mein Dad taten alles in ihrer Macht Stehende, aber ich wollte nicht, dass sie bis in ihre goldenen Jahre hinein arbeitete.

Mein Dad arbeitete schon seit jungen Jahren selbstständig. Er war Mechaniker und hatte in einer der lokalen Werkstätte in der Stadt angefangen, ehe er sich nach oben gearbeitet und genug Geld gespart hatte, um sich eine eigene Werkstatt zu kaufen und selbstständig zu machen. Es war ein erfolgreiches Geschäft und er war ein toller Mechaniker, der die Art von Arbeit machte, die die Leute dazu bewegte, wieder zu ihm gehen zu wollen. Er musste einer der wenigen ehrlichen Mechaniker sein, die in einer Gegend arbeiteten, die bereits in Armut versank, und seine niedrigen Preise sowie zuverlässigen Dienste machten ihn zu der Sorte Mensch, an den sich die Leute gerne wieder wandten.

Doch trotz all ihrer harten Arbeit wäre es niemals genug. Ich wollte keine zusätzliche Bürde für meine Familie sein, weshalb ich beschlossen hatte, für die Studiengebühren und Wohnkosten selbst aufzukommen. Wenn ich sie vor zusätzlichen Sorgen bewahren und dafür sorgen konnte, dass sie meinem Bruder helfen konnten, sollte er das brauchen, wenn er das College begann, dann würde ich meinen Teil dazu beitragen. Es war schon immer so gewesen – wir arbeiteten zusammen für das Gemeinwohl unserer Familie. Sie waren mir alle unglaublich wichtig und ich schätzte unsere Beziehung sehr.

Ich warf einen Blick auf mein Handy. Suzy war während meiner Pause bereits zu ihrer Schicht erschienen und ich wusste, dass sie sich fragen würde, wo ich war, wenn ich noch mehr Zeit damit vertrödelte, auf dem Gehweg zu stehen und mein Schicksal zu debattieren. Mein Gott, was stimmte heute Abend nicht mit mir? Nichts hatte sich auf der Arbeit verändert und es bestand überhaupt kein Grund für mein Zaudern. Zumindest kein Grund, den ich genauer benennen könnte. Irgendetwas lag in der Luft und es fühlte sich an, als wäre an diesem Abend alles möglich, aber ich war mir nicht sicher, ob irgendetwas davon gut war.

Ich stieß die Tür des Eingangs auf, der zur Gasse führte, und trat in den Bereich in der Nähe des hinteren

Thekenteiles. Einige der anderen Kellner eilten geschäftig umher, gekleidet in ihrer vom Club gestellten, komplett schwarzen Arbeitstracht. Die Kerle trugen Krawatten in einem kräftigen, dunklen Scharlachrot, das zur Deko des Hauptbereiches des Clubs passte und die Mädels, die die Tische in diesem Bereich bedienten, wurden dazu angehalten, stets Makeup in der gleichen Farbschattierung aufzulegen. Ich war nur froh, dass ich einen Hautteint hatte, der gut zu dem dunkelroten Lippenstift passte, den ich jeden Abend tragen musste. Doch wenn ich genauer darüber nachdachte, war ich mir ziemlich sicher, dass wir alle danach ausgewählt worden waren, wie wir zum Farbschema des Clubbereiches passen würden, in dem wir künftig arbeiten würden.

Die Bar wurde bereits von einer Menschentraube umringt, obwohl es noch gar nicht so spät und noch nicht Hauptandrangszeit der Clubmitglieder war. Ich lächelte, weil ich dachte, dass heute Abend vielleicht ein oder zwei zusätzliche Trinkgelder für mich rausspringen könnten.

„Hey, Tommy", begrüßte ich einen unserer Freitagabend-Stammkunden, zwinkerte ihm zu und drückte seine Schulter kurz.

„Samara, Baby…" Er grinste und drehte sich, um mich an sich zu ziehen, wobei er ignorierte, dass ich eigentlich versuchte mich zu den Umkleideräumen der Angestellten durchzuschlängeln.

„Süße, lass mich nicht allein. Du weißt, du bist mein Liebling."

Ich spürte, wie seine Augen meinen Körper hoch und runter glitten, während seine Hand nach unten zu meiner Hüfte wanderte und mich plötzlich an sich zog. Ich konnte den Beginn einer wachsenden Erektion in seiner Hose spüren und auch wenn sich ein Teil von mir fragte, wie es wohl wäre, wenn Tommy Rollins – Investmentbanker für die höheren Kreise der New Jersey Gesellschaft – mein

Erster wäre, lächelte ich nur und legte eine Hand auf seine Brust.

„Und du bist einer von meinen. Vergiss das niemals." Ich rieb mich kurz an ihm, bevor ich auf dem Absatz kehrtmachte und in Richtung der Umkleideräume lief. Im Schutz des hämmernden Beats des Clubs stieß ich ein unhörbares Ächzen aus. Es wäre großartig, wäre jemanden wie Tommy mein Erster – ich wusste, dass er gut im Bett war und sich Frauen immer darum stritten, sich an die Spitze der Schlange zu setzen, die im Club mit ihm zusammen sein durfte. Aber ich musste auch im Hinterkopf behalten, dass ich als Barkeeperin hier war – zusammen mit meiner besten Freundin und Mitbewohnerin Suzy war ich sogar die stellvertretende Thekenchefin – und ich würde nicht zulassen, dass die animalische Anziehungskraft, die einer der heißesten, reichsten Kerle im Club auf mich ausübte, meinen Jobstatus gefährdete.

Aber Gott, ich verzehrte mich danach. Als neunzehnjährige Jungfrau gehörte ich in meinem Freundeskreis zu einer Minderheit. Die meisten hatten ihre bereits an einen der dämlichen Typen verloren, von denen wir während unserer Zeit in der Junior High oder Highschool umringt gewesen waren. Nichts an dem Gedanken, meine Jungfräulichkeit an einen dieser Kleinstadt-Kerle ohne Zukunft zu verlieren, hatte mich im Geringsten angesprochen. Das Ganze hatte damit angefangen, dass ich eine Art Aussage über meine Standards machen wollte, war jetzt allerdings einfach nur noch frustrierend. Ich war neunzehn und ich könnte Sex haben, wenn ich wollte, mit jedem, den ich wollte, und es hatte so viele Gelegenheiten gegeben. Warum hatte ich keine davon ergriffen?

„Du weißt warum", murmelte ich vor mich hin, während ich mich an der hinteren Clubwand entlang bewegte, um Suzy zu finden, die sich vermutlich für ihre Schicht fertig machte.

Ich hatte keines der vielen Angebote, mich zu entjungfern, angenommen, weil keiner von ihnen den Anschein erweckt hatte, als wäre er ein guter Erster. So viele zwanglose Dates und es war kein Wunder, dass sich aus keinem etwas ergeben hatte. Ich hatte recht schnell herausgefunden, dass ein Großteil der männlichen Bevölkerung ein Mädchen wie eine heiße Kartoffel fallen ließ, wenn es beim dritten Date noch keinen Sex haben wollte. Merkwürdigerweise gab es auch einige, die die Füße in die Hände nahmen, sobald sie erfuhren, dass ich noch Jungfrau war. Ich hatte angenommen, und mich anscheinend geirrt, dass Jungfräulichkeit unter Männern geschätzt wurde – eine Art Trophäe, die es zu sammeln galt. Es war mir nie in den Sinn gekommen, dass manche Männer sich davon abgestoßen oder eingeschüchtert fühlen würden.

Und so hatte es eine lange Reihe Kerle, hauptsächlich Arschlöcher, gegeben, die mich eiskalt abserviert hatten, nachdem ich ihnen erzählt hatte, dass ich auf den perfekten Zeitpunkt und die perfekte Person wartete.

Ich zog den Samtvorhang, der den Eingang zur Mitarbeiterumkleide vor Blicken schützte, zur Seite. Sie befand sich versteckt in einer hinteren Ecke und am Ende eines kleinen Ganges und beherbergte die Schließfächer aller Kellnerinnen, Tänzerinnen und anderen weiblichen Angestellten.

„Heya", rief Suzy von ihrem Platz vor einem der Schminktische. Sie saß auf einem Samtkissen in dem gleichen Rot, in dem auch die meisten gepolsterten Oberflächen im Club gehalten waren.

„Hi, bereit für eine lange Nacht? Sieht aus, als ob der Laden ziemlich voll ist." Ich nahm auf einem der Kissen Platz, wandte mich meiner Mitbewohnerin zu und beobachtete, wie sie fortfuhr, ihren Look für die Nacht zu vervollständigen.

„Yeah, ich glaube, Stew sagte irgendetwas davon, dass sie in einem dieser Flugzeugmagazine, die unsere… du weißt schon, unsere Klientel, anspricht, geschaltet haben. Wahrscheinlich sind heute Abend ein Haufen Neue dort draußen. Am besten setzen wir unsere professionellen Masken auf."

Ich nickte. Ich wusste, was Suzy meinte. Es gab einige unumstößliche Regeln bei unserem Job hier. Die wichtigste war, dass wir Barkeeperinnen waren – nicht mehr. Es gab immer Raum für Weiterentwicklung, aber die würde eine völlig andere Sorte von Vertragsverhandlungen mit unserem Manager und vermutlich den großen Tieren, die im Club über ihm standen, mit sich bringen. Wenn an diesem Abend neue Leute im Club waren, war es gut möglich, dass sie nicht wussten, dass wir – das Barpersonal – nicht auf der Speisekarte standen. Das war etwas, das für Leute, die neu in der Szene waren, verwirrend sein konnte, aber etwas, an das wir die Leute von Zeit zu Zeit erinnern mussten. Selbst mein Flirt mit Tommy, auch wenn er völlig legitim und etwas war, das man in meiner Rolle, die Kunden bei Laune zu halten, erwartete, schrammte dicht an einer Grenze vorbei.

Jeder im Bar- und Servierdienst hatte gelegentlich damit zu tun: einem Mann oder Frau, die uns sahen und mit uns die gleichen Dinge tun wollten, die sie mit den anderen Leuten taten, die hier im Club V arbeiteten. Auch wenn öffentlicher Sex, Partnertausch und BDSM alles Dinge waren, die im Club auf der Speisekarte standen, mussten die Gäste verstehen, dass es sich bei den Leuten hinter der Bar anders verhielt. Ein Kichern war bei meinem einführenden Mitarbeitertreffen durch die kleine Gruppe neuer Angestellter gegangen, als unser

7

Manager erklärt hatte, dass wir nicht dafür ‚ausgebildet‘ waren, zu tun, was die anderen Mitarbeiter machten. Allerdings wusste jeder von Anfang an, dass eine Person zu diesem Arbeitsfeld im Club wechseln konnte, wenn sie daran interessiert war, aber dass die zwei Rollen nicht kombiniert werden durften.

Ich nahm Sex kaum noch wahr jetzt, da ich fast Vollzeit hinter der Theke arbeitete. Als ich im Club als Kellnerin angefangen hatte, war ich dem mehr ausgesetzt gewesen, da ich die Getränke und kleinen Teller zum Hauptbereich des Clubs gebracht hatte. Dieser war für gewöhnlich mit Leuten gefüllt, die sich unterhielten und die Gesellschaft anderer genossen, wobei es jedoch häufig sehr viel intimer zu ging. Mehr als einmal hatte ich einem Mann einen Drink gebracht, der darauf bestand, an einem fünfzig Jahre alten Scotch zu nippen, während eine junge Blondine wild auf seinem Schwanz auf und ab hüpfte. Sex war im Hauptbereich erlaubt, genauso wie überall sonst im Club, aber hauptsächlich fand er in den kleinen Nischen statt, die den großen Raum im Erdgeschoss umringten. Die große Bar überblickte den Hauptbereich und hatte viele Gäste, doch häufig bestellten die Leute in den Nischen oder am Ende des großen Ganges etwas, das man ihnen bringen musste.

In dieser Anfangszeit hatte ich sehr viel mehr gesehen als jetzt und ich nahm das Stöhnen, das aus den Nischen drang, nicht länger wahr. Der DJ spielte die Musik normalerweise sowieso so laut ab, dass die Geräusche übertönt wurden, oder er legte etwas auf, das zu dem Stöhnen passte. Die übermäßig sinnliche Atmosphäre meines Arbeitsplatzes konnte nicht geleugnet werden. Jeder Zentimeter des vierhundertfünfzig Quadratmeter großen Clubs pulsierte in einem sexuellen Beat und der Geruch von Ylang-Ylang, Sandelholz und Patschuli kurbelte die Lust aller an, die den Club betraten, während er zugleich versuchte, das unverkennbare Aroma von Sex und herumschwirrender Pheromone zu übertünchen. Ich bemühte mich, nicht allzu oft darüber nachzudenken, aber es war nicht merkwürdig für mich, den Club zu betreten und sofort feucht und erregt zu werden. Allein das machte meine momentane Lage um einiges unerträglicher.

„Wie läuft es mit Kevin?", fragte Suzy, womit sie mich aus meinen Gedanken riss, während sie in den Spiegel blickte und vorsichtig ein Paar falscher Wimpern an ihrem linken Auge anbrachte. Das Ergebnis war umwerfend, als sie sich zurücklehnte, blinzelte und ihr Spiegelbild betrachtete. Es war kein Wunder, dass Suzy von einem der Eigentümer angesprochen worden war, ob sie nicht hier arbeiten wolle. Meine gute Freundin und Mitbewohnerin überragte mich um ungefähr zehn Zentimeter und sah aus, als käme sie direkt vom Laufsteg einer Victoria's Secret Modenschau. Ihre hohen, vollen Brüste waren ein Wunder und es war durchaus nachvollziehbar, dass die Hälfte der Männer im Club ihre Aufmerksamkeit sofort auf ihre atemberaubende Figur richtete. Selbst vollständig begleitet war Suzy die Frau, die jeder Mann im Club wollte, und sie war absolut unerreichbar für sie.

„Ach... Kevin. Tja, das ist vorbei."

Als ich früher am Tag unser Apartment verlassen hatte, hatte ich mit Kevin telefoniert, wobei wir einen Streit aus der Nacht zuvor fortgesetzt hatten. Am Ende hatte es den Anschein gemacht, als wären wir nicht dazu in der Lage, eine Einigung zu finden.

Suzy schaute zu mir und bedachte mich mit einer traurigen Miene. Sie zog mich näher und umarmte mich, wobei sie darauf achtete, ihr sorgfältig aufgetragenes Makeup nicht zu verschmieren. Heute Abend hatte sie sich für einen super heftigen Katzenaugen-Look entschieden, der sie doppelt so heiß wie ihr übliches sexy

Selbst aussehen ließ. Sie machte eine Ausbildung zur Visagistin, weshalb sie immer neue Looks ausprobierte, die nie versäumten, die Kundschaft des Club V zu beeindrucken.

„Danke", sagte ich, als ich mich aus ihrer Umarmung löste. „Ich werde mich nur etwas frisch machen und dann komme ich wieder raus, um dir zu helfen."

„Dann bis gleich", verabschiedete sich Suzy, die aufstand, ihren engen Minirock glattstrich und den Vorhang zurückzog, um nach draußen zur Bar zu gehen.

Ich drehte mich um und betrachtete mein Spiegelbild. Es würde eine Weile dauern, bis die nächste zu ihrem Schichtbeginn herkam, weshalb ich den Raum für mich hatte und mein Erscheinungsbild überprüfen konnte, ohne dass es jemand mitbekam.

Mein langes, welliges blondes Haar war offen, so wie ich es normalerweise trug, und hatte eine Art zerzausten Strandlook. Kein Wunder, dass Tommy nach mir gegriffen hatte. Ich musste zugeben, dass meine Haare so sexy aussahen wie noch nie, und das brachte mich zum Grinsen. Meine haselnussbraunen Augen, die grün gesprenkelt waren, sahen leicht mysteriös aus und waren gerade so einzigartig, dass ich immer Komplimente für sie erhielt, vor allem im gedimmten Licht des Clubs. Die Wandleuchter, Bar und die Tischbeleuchtung boten gerade so viel Licht, dass sie hell funkelten. Mir war mehr als einmal erzählt worden, dass sie faszinierend waren, und ich bemühte mich stets, mein Augenmakeup in Grün- und Goldtönen zu halten, um es noch zu betonen.

Meine hohen Wangenknochen, die ich von meiner Oma geerbt hatte, schadeten meinem allgemeinen Erscheinungsbild auch nicht gerade. Ich hatte keinen Bedarf an Contouring, da bereits alles vorhanden war und ich war dankbar für diese kleine, genetische Gnade. Ein Leberfleck über meiner Oberlippe hatte mich als

Kind genervt, aber jetzt war er eine Art provozierender Schönheitsfleck, zu dem mir Männer und Frauen gleichermaßen ständig Komplimente machten.

Da stand ich auf und verzog finster das Gesicht. Die eine Sache, die ich an mir verändern würde, wenn ich könnte, war meine Größe. Mit einem Meter sechzig war ich eine der kleineren Frauen des Thekenpersonals, was das Herunterholen von Dingen aus den oberen Regalbrettern zu Suzys Aufgabe machte. Doch mein Gewicht war in Ordnung und meine Hüften weiteten sich zu der Sorte Kurve, von der ich wusste, dass sie den Blick vieler Leute auf sich zog, wenn ich vorbeilief. Meine Brüste waren jedoch die Showstopper. Ich mochte zwar mit meinen sechsundfünfzig Kilogramm auf der kleineren und leichteren Seite stehen, doch meine 38C Brüste waren etwas, worauf ich sehr stolz war und daher präsentierte, wann immer ich konnte. Der Club erlaubte Suzy und mir, unsere eigene Kleidung zu tragen anstatt der üblichen, vom Club gestellten Uniformen und sie und ich wählten normalerweise enge, extrem tief ausgeschnittene Tops oder T-Shirts mit Rundhalsausschnitt. Das war eine der angenehmeren Dinge an unserem Job – wir durften die gut gelaunten Mädels hinter der Theke mimen und den Großteil der Zeit fühlte es sich nicht einmal wie Arbeit an.

Ich glättete meinen Minirock und drehte mich, um einen Blick auf meine Kehrseite zu werfen.

„Du hast einen fabelhaften Po", lobte ich mich lachend und wandte mich ab, um nach draußen zur Bar zu gehen für eine weitere Nacht im Club V.

KAPITEL 2

„Wer ist bereit für eine weitere Runde?", rief ich durch die dicht bevölkerte Bar, wobei ich eine große Flasche Reposado Tequila mit einem Zwinkern vor den Gästen schwenkte. Ich erhielt einiges zustimmendes Gebrüll und Nicken und nachdem ich nochmal zwölf Shots eingeschenkt hatte, kehrte ich mit einem fünfzig Dollarschein zwischen meinen mittlerweile schwitzenden Brüsten zurück, den der stets großzügige Tommy dort zusammen mit seiner Visitenkarte hingesteckt hatte. Ich stellte mich neben Suzy, die gerade Getränke zu einer Rechnung hinzufügte.

„Im Ernst, die Werbung muss funktioniert haben. Ich kann nicht fassen, wie viele neue Gesichter ich hier heute Abend sehe."

Suzy hatte recht. Der Laden summte vor Energie neuer Clubbesucher und ich hoffte, das bedeutete, dass viele von ihnen eine Mitgliedschaft erwerben würden. Ich wusste, dass es vielen dieser Leute, wenn sie erst einmal einen Vorgeschmack darauf erhalten hatten, was der Club zu bieten hatte, schwerfallen würde, nicht

13

wiederzukommen, um das Verlangen, mit dem sie unvermeidlich infiziert wurden, zu befriedigen.

„Du machst deine Arbeit ja auch spitze", lobte ich sie und stupste sie mit meiner Hüfte. „Ehrlich, der Laden war seit langer Zeit nicht mehr so voll und ich denke, Stew wird merken, dass wir uns der Herausforderung erfolgreich gestellt haben."

„Das musst ausgerechnet du sagen", meinte Suzy, während sie grinste und hinab auf den fünfzig Dollarschein blickte, den ich aus meinem Dekolleté fischte. „Mädel, sie lieben dich hier. Vergiss das bloß nicht. Der Club könnte sich keine bessere Barkeeperin als dich wünschen. Du wirst es weit bringen."

Ich lächelte und war froh darüber, dass das merkwürdige Gefühl in meinem Magen, das ich zu Beginn des Abends verspürt hatte, verschwunden war. Ich wusste noch immer nicht, woher das alles gekommen war. Vielleicht war es nichts weiter als mein Streit mit Kevin am Telefon, wegen dem ich dieses komische Gefühl bezüglich der Arbeit heute Nacht gehabt hatte. Wie dem auch sei, ich schob diese Gedanken zur Seite und konzentrierte mich auf das, was vor mir lag. Suzy hatte recht – ich sahnte ein Trinkgeld nach dem anderen ab und wenn es so weiter ging, würde ich diesen Monat den doppelten Schuldenbetrag abbezahlen können. Ich wusste, was für ein Glück ich hatte, diesen Job zu haben, und es gab nichts in der Welt, das mich dazu verführen könnte, den Club aufzugeben.

„Ladies!" Meine kurze Pause war vorüber, als unser Manager, Stew, sich einen Weg durch die Menge und hinter die Bar bahnte. Stew war ein riesiger Kerl von zwei Metern und hundertdreißig Kilogramm. Er war ein ehemaliger Linebacker und wachte über sämtliche Verkäufe hier im Club.

Er sah sich um und schwenkte mit einer Hand die

Länge der Theke entlang. „Ihr zwei seid spitze. Vielen Dank, dass ihr die zusätzliche Arbeit mit all den neuen Gästen übernommen habt. Ich glaube nicht, dass sich die Eigentümer bewusst waren, wie sehr sich diese Werbung auszahlen würden, als sie sie geschaltet haben. Aber hier sind wir und es sieht aus, als würde es fantastisch werden."

„Freut mich auch, das zu sehen", erwiderte ich mit einem ehrlichen Lächeln.

„Jetzt, da ich euch genügend Honig um den Mund geschmiert habe, muss ich speziell dich, Samara, um einen Gefallen bitten."

Ich zog eine Augenbraue hoch. „Okay?"

„Ich weiß, morgen ist eigentlich dein freier Tag, aber –"

„Soll ich morgen herkommen? Das ist kein Problem", platzten die Worte aus mir heraus. Ich freute mich immer darüber, eine zusätzliche Schicht zu übernehmen.

Stew schüttelte den Kopf. „Nun, nicht ganz. Ich werde Lori herholen, damit sie Suzy morgen Nacht aushilft, aber ich habe mich gefragt, ob du morgen Nacht vielleicht zur New Yorker Filiale gehen könntest. Sie haben dort ein großes Event und in Kombination mit all den neuen Besuchern wegen der Werbekampagne brauchen sie so viele Hände an Bord, wie sie nur kriegen können. Deine Zeit wird auch mit fünfzig Prozent Zuschlag vergütet."

Meine Augen weiteten sich. Ich hatte noch nie in der New Yorker Filiale des Club V gearbeitet. Ich hatte noch nicht einmal einen Fuß in den Laden gesetzt, aber ich kannte dessen Ruf. Und dieser Ruf war es, der die wirklich Reichen anlockte. Sicher, hier in New Jersey sahen wir auch so einiges an Geld durch die Türen spazieren, dank der Leute, die hier draußen in den Pendlergegenden lebten und in der Stadt hochbezahlte Jobs arbeiteten, und dank der Leute, die Jobs in der

Glücksspielindustrie hatten oder auf diese Weise ihr Geld verdienten.

Aber New York City! Helle Lichter, große Stadt… und Leute mit einem verrückten, unersättlichen sexuellen Appetit. Ich schätzte, dass ich lediglich darauf hoffen musste, dass sie auch ihre Getränke bodenlos mochten.

„Absolut. Kein Problem, Stew. Ich hatte sowieso nichts vor." Ich warf Suzy einen Blick zu, da ich an unser Gespräch von vorhin über meine jetzt beendete Beziehung mit Kevin dachte.

„Klasse! Ich werde den Anruf machen und ihnen Bescheid geben, dass du dort sein wirst. Die Schicht beginnt um 19 Uhr. Vielleicht solltest du ein bisschen früher erscheinen, damit sie dir die Örtlichkeiten zeigen können. Oh, und du wirst dir eine der Club V Blusen besorgen müssen. Bei dieser Filiale sind sie mit dem einheitlichen Aussehen der Barkeeper etwas strenger."

Ich nickte aufgeregt und konnte mich gerade noch daran hindern, nicht zu Stew zu eilen und ihn zu umarmen. Er besprach noch ein paar anstehende Events des Clubs mit uns und verschwand dann wieder in seinem Büro.

Suzy drehte sich, um mich mit großen Augen anzuschauen. „Du wirst in NYC arbeiten!"

„Nur für eine Nacht…"

„Yeah, aber man weiß nie, was sich daraus ergeben könnte. Und mein Gott, du weißt, wie viel Geld sie in dieser Filiale einnehmen… nun, ich meine, wir wissen es nicht wirklich, aber du weißt schon, es ist eine gigantische Menge. Diese fünfzig Dollar, die dir Tommy zwischen die Möpse gesteckt hat? Yeah, in New York werden es wohl eher eintausend Dollar sein. Hast du schon mal einen Tausenddollarschein gesehen?" Suzy lehnte sich an die Wand und stieß ein atemloses Seufzen aus.

„Ich bezweifle, dass irgendjemand tausend Dollar zwischen meine Möpse stecken wird."

Suzy schüttelte den Kopf. „Du hast recht, so sind sie dort nicht drauf." Sie beugte sich näher zu mir und flüsterte kichernd: „Sie werden versuchen, es dir in deine Pussy zu schieben!"

Ich schlug nach ihr und funkelte sie kurz finster an, bevor ich loszog, um ein weiteres Weinglas zu füllen. Als ich zurückkehrte, lachte sie noch immer.

„Aber im Ernst, Samara, du weißt, du wirst dort auf dich aufpassen müssen. Ich war noch nie dort, aber ich habe gehört, dass sie die Dinge in dem Laden etwas anders handhaben. Du weißt ja, was man sich so erzählt... über diesen Raum."

Niemand, der mit dem Ruf des Club V nicht vertraut war, würde wissen, von welchem ,Raum' Suzy redete, aber da ich mittlerweile seit einem Jahr für die New Jerseyer Filiale arbeitete, war ich nur allzu vertraut mit den Gerüchten, die sich um diesen Club rankten.

Die Leute behaupteten, es sei ein Auktionsraum, den Männer aufsuchen konnten, um Frauen für ihr Vergnügen und Zwecke zu kaufen. Das waren natürlich alles nur Gerüchte und niemand, den Suzy oder ich kannten, hatte jemals einen der Räume gesehen. Club V hatte Filialen im ganzen Land und wuchs mit jedem Jahr. Wenn die Gerüchte der Wahrheit entsprachen, dann besaß Club V einen Auktionsraum in allen größeren Filialen – New York, Los Angeles, Las Vegas, Chicago und Dallas. Was in diesen Auktionsräumen passierte, konnte man sich nur ausmalen, denn, soweit ich wusste, hatte noch keine lebende, atmende Person mit Verbindungen zum Club, die ich kannte, jemals auch nur einen Fuß in einen solchen Raum gesetzt.

„Dir ist schon klar, dass das alles nur eine Art urbanes Märchen sein könnte. Du weißt doch, wie solche

Geschichten in Umlauf geraten. Vermutlich hat eine Kellnerin in einem der Läden etwas in einem der privaten Räume gesehen, das sie nicht verstanden hat. Sie hat es einer Freundin erzählt und da hast du es schon. Das ist wie Flüsterpost und niemand weiß, wo sie ihren Anfang genommen hat."

Suzy zuckte mit den Achseln und reichte einem der Bargäste eine Rechnung zum Unterschreiben. „Ich sag ja bloß…", sie rückte näher zu mir, um in gedämpftem Tonfall weiterzusprechen, „du musst in so einem Schuppen den Kopf hochhalten und stark bleiben. Weißt du, warum ich hier bin? Ich weiß, dass ich Stew vertrauen kann. Ich würde nicht hier arbeiten, wenn wir nicht die Sorte Manager hätten, bei dem ich weiß, dass ich ihm zu hundert Prozent vertrauen kann. Ich glaube zwar an die Club V Marke – du weißt genauso gut wie ich, wie gründlich sie ihre Mitglieder durchleuchten – aber NYC ist der größte Club, den sie besitzen, und ich habe Geschichten darüber gehört, was manche der Leute verlangen, die dort aufschlagen. Klar, hier wird auch BDSM betrieben, aber ich würde sagen, dass es ziemlich harmlos ist. New York hingegen bietet die elitärsten, exklusivsten Dinge an. Sie erfüllen jeden Kundenwunsch. Du musst nur darauf achten, dass du niemandes Aufmerksamkeit erregst oder zu einem Wunsch wirst."

Ich verdrehte die Augen. „Schau, ich werde eine Uniform anhaben. Und wie du schon sagtest – der Laden ist super elitär und exklusiv. Wenn die Kerle hier wissen, dass wir nicht belästigt werden dürfen, dann bin ich mir sicher, dass die Mitglieder in dieser Filiale die Regel ebenfalls kennen."

Suzy nickte schließlich. „Ich freue mich wirklich für dich, Samara. Ich weiß, dass die zusätzlichen Stunden und Lohn in NYC vermutlich fast den Einnahmen von zwei Wochen deiner regulären Arbeit hier entsprechen und ich weiß, dass du das Geld gebrauchen kannst. Ehrlich, ich bin wahrscheinlich nur ein bisschen neidisch." Sie sagte den letzten Teil mit einem Grinsen. „Und tu dir keinen Zwang an, meine Nummer allen verfügbaren Typen zu geben, die dir über den Weg laufen. Wenn sie Mitglieder des NYC Clubs sind, dann spricht nichts dagegen, dass ich sie date."

Ich nickte und lächelte meine beste Freundin an. „Das stimmt, deine persönliche Kupplerin steht direkt vor dir. Was in aller Welt würdest du nur ohne mich machen?"

Sie winkte lässig mit der Hand ab. „Eindeutig weiterhin Loser daten."

„Du hattest mehr Glück als ich", erwiderte ich mit leichter Verbitterung in der Stimme. Es wäre wirklich super gewesen, wenn sich irgendeine der kurzlebigen Beziehungen, die ich seit Collegebeginn geführt hatte, als mehr als nur ein Zeitvertreib entpuppt hätte. Aber ich hatte mich fast schon damit abgefunden, mir keine Sorgen mehr darum zu machen, Dates zu finden. Es würde immer Männer geben, so viel wusste ich. Ich würde mir selbst einen Gefallen tun, wenn ich meine Zeit damit verbrachte, mich auf die Schule und Arbeit zu konzentrieren.

„Stimmt", stimmte Suzy mir zu. Sie ließ ihren Blick über die Menge schweifen, die sich zu zerstreuen begann.

Später am Abend verzogen sich die Leute in die Nischen oder privaten Bereiche. Die privaten Zimmer füllten sich in der Regel schnell. Die ersten Zimmer, die besetzt wurden, waren stets die Voyeur-Räume, die über eine Glasscheibe zum Voyeur-Gang verfügten. Ich hatte diesen Gang mehrere Male durchschritten, aber es hörte nie auf, mich zu schockieren und zu erregen, wenn mir bewusstwurde, dass ich zu allen Seiten von nackten Körpern umgeben war, die sich vor Lust wanden.

Von unserem Standpunkt an der Haupttheke aus

konnten wir die weite Fläche des großen Hauptbereiches überblicken und den Pool sehen, in dem sich einige Leute in mickrigen Badeanzügen oder gar nichts vergnügten. Zu diesem Zeitpunkt des Abends war alles ziemlich spektakulär, aber an der Bar begann sich die Lage zu beruhigen. Es würden dennoch ein paar Leute hierherkommen und Drinks verlangen. Diejenigen, die bereits an dem teilgenommen hatten, was auch immer sie im Club an diesem Abend hatten tun wollen, oder diejenigen, die die Bar als das nutzten, was sie war – ein Ort, an dem sie ihren Sorgen bei einem freundlichen Zuhörer Luft machen konnten. Und im Falle von mir, Suzy und allen anderen, die im Club V bedienten, erhielten unsere Gäste auch noch etwas fürs Auge, das sie jeden Abend in ihren Erinnerungen mit nach Hause nehmen konnten.

„Ich hätte allerdings nichts dagegen, einen reichen Kerl zu haben, weißt du. Einen von der Sorte, wie wir sie hier sehen", meinte Suzy.

Ich ließ meinen Blick prüfend durch den Raum schweifen. „Meinst du wirklich, dass du einen Typen willst, der hierherkommen würde?"

Sie zuckte mit den Schultern, während sie anfing, den Bereich hinter der Bar zu putzen.

„Natürlich nicht unbedingt hier, da es nicht erlaubt ist. Aber ja, ich denke, ich hätte nichts gegen einen Kerl aus einem der anderen Clubs. Nur, um mal eine Weile gut behandelt zu werden."

Ich dachte gründlich über das nach, was ich als Nächstes sagen würde. Niemand war in der Nähe, der mich hätte hören können, und ich würde niemals etwas vor einem Gast sagen, aber ich hatte meine Vorbehalte gegenüber einigen dieser Männer.

„Du hast nichts gegen… du weißt schon, das, worauf

sie stehen? Manche von denen können ziemlich Furcht einflößend werden."

„Ich weiß, was du meinst. Aber es gibt hier auch ein paar richtige Vanilla Kerle. Ich bin mir sicher, dass es in NYC auch einige Leute gibt, die nur zum Vögeln dort sind oder um andere zu beobachten. Nicht jeder steht auf Analplugs und Ballknebel, aber ich verurteile deinen Geschmack nicht, Samara." Sie rempelte mich mit ihrem Ellbogen an und lachte.

Ich lächelte nur und winkte ab. „Yeah, ich glaube wirklich nicht, dass das mein Stil ist."

Suzy schenkte mir ein schiefes Lächeln. „Das wirst du erst wissen, wenn du es ausprobierst. Hast du da schon mal drüber nachgedacht?"

„Analplugs und Ballknebel?"

Suzy rollte mit den Augen. „Nein, endlich deine Jungfräulichkeit zu verlieren. Ich möchte dich niemals unter Druck setzen und ich weiß, du hast deine Gründe, aber ich denke, es könnte eine gute Idee sein, wenn du einfach ein bisschen lockerlässt. Es muss beim ersten Mal nicht perfekt sein. Ich würde sogar sagen, dass du Schwierigkeiten haben wirst, viele Leute zu finden, die ihr erstes Mal als perfekt beschreiben würden. Es ist normalerweise unbeholfen und chaotisch und peinlich."

Ich räumte ein paar Gläser weg und stapelte sie in einer Kiste, in der sie später nach hinten zum Spülen getragen werden würden.

„Bei dir hört sich das Liebemachen nach so viel Spaß an, Suzy. Wirklich, jeder sollte es kaum erwarten können, so was zu machen."

Sie hielt einen Finger in die Luft. „Ah, ich verstehe! Das ist der Punkt, an dem du dich irrst. Du redest von Liebe und ich rede von gutem, altmodischem Ficken. Lass einfach los und treib es mit einem Kerl. Such jemanden, der ein bisschen älter ist, und achte darauf, dass er weiß, was er tut. Man sagt, dass es ein gutes Zeichen ist, wenn er tanzen kann. Such dir einfach einen und dann tu es." Suzy streckte eine Hand aus und rieb über meinen Arm. „Du hast den Körper einer Göttin! Hier sind jede Nacht Dutzende Typen, die dafür sterben würden, mit dir ins Bett zu gehen. Und wenn sie wüssten, dass du noch Jungfrau bist... heilige Scheiße, Samara. Männer verehren Frauen in so einer Situation."

Ich blickte sie düster an. Sie wusste ganz genau, dass das nicht die Reaktion war, die ich von Kerlen, die ich gedatet hatte, erhalten hatte, wenn sie herausfanden, dass ich noch nie Sex gehabt hatte.

„Ähmm, was? Auf keinen Fall. Keiner von den Typen, mit denen ich ausgegangen bin, ist darauf abgefahren. Und wenn das nicht der Fall war, wollten sie mich so weit und so schnell drängen, dass ich die Reißleine ziehen musste."

„Das liegt daran, dass du mit Jungs ausgehst, Baby. Es ist an der Zeit, dass du dir einen Mann zum Daten suchst. Ich meine das ernst. Du musst einen ausgewachsenen Gentleman finden, der weiß, was Sache ist. Halt in NYC die Augen offen. Diese Managertypen drängen sich immer zu Hauf in solchen Schuppen. Du musst dir einen suchen, der dir hilft und dann lässt du ihn nie wieder gehen."

KAPITEL 3

KAPITEL DREI

*D*ie U-Bahnfahrt in die Stadt am nächsten Abend war lang und mir unbekannt. Ich hätte mit dem Auto fahren können, aber das wäre einfach nur ein Albtraum gewesen. Auf meinem Handy hatte ich eine U-Bahnkarte gefunden, die ich jetzt immer mal wieder rauszog, um mich zu vergewissern, dass ich meine Haltestelle nicht verpasste. Weil ich nicht irrtümlich für einen Touristen gehalten werden wollte, hielt ich den Kopf hoch erhoben und versuchte, den Anschein zu erwecken, als wüsste ich, was ich tue, obwohl ich ein bisschen Angst hatte, allein durch die Stadt zu reisen. So etwas machte ich nicht oft und obwohl ich Vertrauen in meine Fähigkeiten hatte, durfte ich in meiner Wachsamkeit nicht nachlassen und die Verbrechen vergessen, die Frauen manchmal in öffentlichen Verkehrsmitteln passierten.

Einige Haltestellen später wurde ich auf gruselige Weise daran erinnert, als ein älterer Mann den Wagon betrat und sich direkt vor meinen Platz stellte, sodass ich seinen Schritt beinahe im Gesicht hatte. Ich stand auf und lief durch den Wagon, nur um festzustellen, dass er mir dicht auf den Fersen war. Da ich mir seiner Absichten nicht sicher war – ob sie pervers oder schlichtweg kriminell waren – stellte ich mich neben eine andere Frau. Ich beobachtete den Mann, als er stoppte und mich anstarrte, während sich ein breites Grinsen, bei dem mehrere Goldzähne aufblitzten, auf seinem Gesicht ausbreitete.

Es war ein Fehler gewesen, bereits in meiner Arbeitskleidung in die U-Bahn zu steigen. Netzstrümpfe, Heels und ein Minirock riefen bei den Leuten im Zug nur eine hervor und ich hoffte einfach, dass ich wenigstens nach High-end aussah, wenn sie schon Vermutungen anstellten. Für die Dauer der Fahrt ignorierte ich die unerwünschte Aufmerksamkeit und erreichte schließlich meine Haltestelle. Ich sprang auf und eilte aus den Türen, die Plattform entlang und die Treppe zur Straße hinauf.

Der Club V lag nur ein paar Blocks von der U-Bahn-Haltestelle entfernt und ich war innerhalb kürzester Zeit dort, ohne auf weitere Probleme mit Menschen zu treffen, denen ich auf der Straße begegnete. Dieser Club V machte, wie auch der bei uns zu Hause, von außen nicht viel her. Hier schien es jedoch aus Diskretionsgründen zu sein, da viele der Clubbesucher tatsächlich Mitglieder der Gesellschaftselite waren. Klar, zu Hause hatten wir die auch und unterhielten oft Männer, die bekanntermaßen Mitglieder von Mafiafamilien waren, aber hier bespaßten sie Schauspieler, Diplomaten, Medienleute und Politiker, die in der Stadt waren und in mehreren Nachrichtensendern auftraten.

Das Gebäude des Club V war einst eine Textilfabrik.

Es umfasste zwei Stockwerke, wovon jedes übermäßig hoch war und über die hohen Fenster verfügte, die so typisch für die Fabriken waren, die vor über hundert Jahren gebaut worden waren. Der Großteil dieser Fenster schien von Innen verdunkelt worden zu sein, um das Ambiente, für das Club V bekannt war, zu kreieren. Doch von außen war die Schönheit des alten Gebäudes recht eindrucksvoll. Wären da nicht die Worte „Club V", die in eine Messingplatte in der Nähe der Eingangstür eingraviert waren, würde man niemals vermuten, was hinter diesen Wänden vor sich ging. Ich hegte den Verdacht, dass es viele trotzdem nicht wussten, da man nicht Google um Hilfe bitten konnte, um irgendetwas über diesen Laden rauszufinden. Ich wusste das, weil ich es viele Male probiert hatte, bevor ich vor über einem Jahr das ursprüngliche Jobangebot angenommen hatte.

Ich lief um die Seite des Gebäudes und drückte einen Knopf am Personaleingang.

„Ja?", erklang eine Stimme über die Sprechanlage.

„Ähm… hi. Ich bin Samara, Samara Tanza. Von der Filiale in New Jersey. Ich bin hier, um heute Abend an der Bar auszuhelfen."

Es entstand eine Pause und einen Moment fragte ich mich, ob ich weggeschickt werden würde und mir grauste es bereits vor der langen U-Bahnfahrt nach Hause.

„Richtig, richtig. Ich lass dich rein."

Es summte und dann klickte es und ich konnte die schwere Tür aufdrücken, die zwischen mir und dem Inneren des Club V stand. Sie war so schwer, dass sie schnell und fest hinter mir ins Schloss fiel, wodurch ich in das kleine Foyer gestoßen wurde. Einen Augenblick war alles in undurchdringliche Schwärze gehüllt und ich musste meinen Augen eine Sekunde Zeit geben, damit sie sich an die Abwesenheit von Licht gewöhnen konnten. Nach einigen Sekunden wurde deutlich, dass es nicht richtig dunkel im Gebäude war, nur dämmrig und das insbesondere in diesem kleinen Bereich des Clubs.

Eine Frau in einem kurzen, hautengen roten Bandage-Kleid tauchte aus dem Nichts auf, lächelte mich an und streckte mir zur Begrüßung ihre Hand entgegen.

„Samara… es ist mir eine Freude, dich kennenzulernen. Ich bin Elle, die Personalchefin hier. Warum folgst du mir nicht. Jake wollte dich noch sehen, bevor du zur Einarbeitung mit einem unserer leitenden Barkeeper geschickt wirst."

Ich wusste nicht, wer Jake war, aber ich nahm an, dass er die NYC Version von Stew war und daher folgte ich Elle durch den Flur zu einem der Büros.

„Jake ist einer der Miteigentümer. Er möchte dir nur kurz die Firmenregeln erklären und dir die Erwartungen, die wir hier in der NYC Filiale haben, mitteilen. Ich bin mir sicher, das meiste kennst du schon aus New Jersey, aber es könnte vielleicht ein paar Unterschiede geben. Wir rühmen uns damit, eine sehr exklusive Mitgliederliste zu führen und tun alles, das in unserer Macht steht, um ihre Privatsphäre zu schützen. Ich denke, du verstehst, worauf ich damit hinauswill."

Ich nickte, dann realisierte ich, dass sie mich nicht sehen konnte, weil ich ihr folgte, und daher sprach ich: „Oh, richtig. Natürlich. Ja, außerhalb des Clubs reden wir nie über unsere Gäste."

„Das ist großartig", sagte Elle. Ich konnte das Lächeln in ihrer Stimme hören. „Ich bin mir sicher, es wird dir Spaß machen, Jake kennenzulernen. Hier ist sein Büro."

Das Büro lag in der gegenüberliegenden Ecke und die Tür schwang auf, um einige dieser gigantisch hohen Fenster zu offenbaren, die ich von außen gesehen hatte. Nur waren diese nicht verdeckt und das spätabendliche Licht drang in das schummrige Büro.

„Jake, das ist Samara", stellte Elle mich vor. Sie

lächelte und schloss die Tür hinter sich, sodass ich allein dort stehen blieb, während Jake langsam seinen Bürostuhl umdrehte und sich erhob, um mich zu begrüßen.

Er grinste, während er mit in den Hosentaschen vergrabenen Händen dastand. Der hellgraue Anzug, den er anhatte, war gut geschnitten und passte ihm perfekt. Er war ein großes, umwerfendes Bild von einem Mann mit rabenschwarzen Haaren, vollen Lippen, olivfarbener Haut und Augen, die irgendwo zwischen blau und grau rangierten.

Ich schwieg und realisierte, dass ich ihn angestarrt und er das ebenfalls getan hatte. Unsicher, von wem erwartete wurde, zuerst das Wort zu erheben, sprach ich schließlich.

„Hi… Jake."

Er nickte. „Ich lerne gerne alle neuen Leute, die wir an Bord holen, kennen. Nur um eine Vorstellung davon zu bekommen, wer neu in diesem Bereich ist und wer vielleicht Unterstützung braucht." Er trat um seinen Schreibtisch und nach vorne, um mich zu begrüßen, wobei er eine Hand ausstreckte, um meine zu schütteln. „Samara? Hübscher Name." Seine Worte waren wie Butter. Ich war mir nicht sicher, aber es klang auch, als hätte er einen ganz leichten Akzent und das machte diesen ohnehin schon unglaublich gut aussehenden Adonis sogar noch attraktiver.

„Dankeschön", sagte ich in dem Versuch, mich so cool wie möglich zu geben. Wenn jeder in diesem Laden nur halb so gut aussah wie Jake, dann würde es eine lange, aber spaßige Nacht mit jeder Menge Sahneschnittchen werden.

„Ich hoffe, dir wird deine Zeit hier gefallen. Und nicht, dass ich darauf aus bin, jemanden von einer unserer anderen Filialen abzuwerben, aber du solltest wissen, dass jemand von deinem Kaliber hier im Club V NYC immer willkommen ist. Ich habe gehört, was für eine fantastische Barkeeperin du in Jersey bist und du bist mir wärmstens empfohlen worden."

Ich spürte, wie mir Hitze ins Gesicht stieg. „Nun, Stew ist zu freundlich. Die Arbeit im Club V im vergangenen Jahr hat mir wirklich Spaß gemacht und ich könnte mir keinen besseren Arbeitsplatz für mich vorstellen."

Jake rieb sich nachdenklich über das Kinn. „Wie sehen deine Langzeitziele bezüglich deiner Beschäftigung bei uns aus?"

Niemand hatte mir jemals zuvor diese Frage gestellt, mit Ausnahme von Stew, als er mich zur Barkeeperin befördert hatte, nachdem ich einige Monate gekellnert hatte.

„Mir macht die Arbeit hinter der Bar wirklich Spaß. Um ehrlich zu sein, ist es das, was ich tue, um meine Collegegebühren bezahlen zu können. Dafür ist es super. Das Trinkgeld ist wunderbar und bis jetzt konnte ich alles selbst bezahlen, ohne Hilfe von meinen Eltern."

Etwas schien über Jakes Gesicht zu huschen. „Wie alt bist du?"

„Neunzehn", antwortete ich, ohne zu zögern.

„Wow… ich schätze, ich bin einfach davon ausgegangen, dass du etwas älter als das bist. Oh nun gut, immer noch legal."

Der Satz erschütterte mich und ich war mir sicher, dass meine Augen weit aufgerissen waren.

„Ich meine… legal, um in New Jersey und New York hinter der Bar zu stehen", fügte er mit einem Lachen an. „Aber im Ernst, hast du jemals den Wunsch verspürt, im Club einen Schritt weiter als diese Stelle zu gehen?"

Es dämmerte mir allmählich, was Jake, einer der Mitinhaber des Club V, mich fragte. Diesem Mann gehörte nicht nur der Club, er war auch Teilhaber all der anderen Clubs in den Vereinigten Staaten und mittlerweile gab es einen in jedem Staat.

Beruhig dich, Samara. Er stellt jeder einzelnen Frau, die durch diese Tür tritt, die gleiche Frage. Jetzt antworte ihm.

„Du meinst… ob ich daran interessiert bin, im Hauptbereich zu arbeiten?"

Im Hauptbereich arbeiten. Das war die Bezeichnung, die wir benutzten. Es war die Bezeichnung, die die Frauen, die es machten, benutzten, anstatt allzu offen darüber zu reden. ‚Ich arbeite im Hauptbereich des Club V' war etwas, das man in der Öffentlichkeit erzählen konnte und dabei noch immer respektabel klang. Dabei war ‚im Hauptbereich arbeiten' in Wahrheit eine Umschreibung dafür, dass man für Sex mit einem oder vielen Männern bezahlt wurde, wobei noch unterschiedliche Grade an BDSM und andere Akte dazukamen.

„Das ist genau das, was ich dich frage, ja."

Ich würde lügen, würde ich behaupten, dass ich noch nie zuvor darüber nachgedacht hätte, im Hauptbereich zu arbeiten. Ich wusste, wie viel Geld die Mädels machten, und es war sehr verlockend. Obgleich sie Verträge mit dem Club hatten, war es ihnen auch erlaubt mit den meisten der Eliteclubmitglieder außerhalb des Clubs ‚professionelle Beziehungen' zu unterhalten. Der Club V agierte dabei als eine Art Mittelmann oder Vermittler der Geschäfte. Dieser Teil wurde jedoch totgeschwiegen. Was im Club vor sich ging, war privat und jeder wusste das. Niemand sprach außerhalb des Clubs davon. Mitglieder bezahlten hohe Preise, damit diese Informationen nicht in den Nachrichten landeten.

Alle Angestellten wussten jedoch, dass das etwas war, das mehrere unterschiedliche Gesetze umging, und es lediglich einer einzigen Razzia bedurfte sowie einer falschen Sache in den Büchern und das Ganze würde in Rauch aufgehen. Es handelte sich um organisierte

Prostitution in gigantischem Ausmaß. So würden zumindest die Gesetzeshüter und die Regierung es sehen, wenn sie jemals beschlossen, tief genug zu graben. Meine Vermutung war schon immer, dass Club V seine Krallen tief in einen großen Fisch geschlagen hatte und dieser dafür sorgte, dass in keiner der Filialen Razzien durchgeführt wurden.

Aber hatte ich Interesse daran, dieser Art von Arbeit nachzugehen? Ich wusste, dass es uns erlaubt war, unsere eigenen Komfortlevel festzulegen. Ich könnte dort draußen im Hauptbereich herumgehen und nichts anderes tun, als mich auf Schöße zu setzen, hier und da ein paar Küsse zu verteilen sowie ab und zu vielleicht einen Handjob anzubieten. Doch ich wusste, dass die Frauen, die in dieses Geschäft mit dem Plan einstiegen, nur so weit zu gehen, ihre Grenzen selten einhielten. Es war verführerisch, wenn man erst einmal dort draußen war, insbesondere, wenn man von einem der edelsten Männer, den man jemals gesehen hatte, nach allen Regeln der Kunst umworben wurde. Wenn er einem immer und immer wieder erzählte, wie sehr er einen wollte. Dass er dich in eines der Zimmer mitnehmen, deine Beine spreizen und mit dem Kopf voran in deine Pussy tauchen möchte. Allein der Gedanke daran erzeugte in meinem ganzen Körper ein Prickeln.

Natürlich hatte ich darüber nachgedacht. Und ich hätte es vielleicht sogar getan, wäre ich nicht noch immer Jungfrau. Für mich war das der Knackpunkt. Nur für Geld würde ich mich nicht hergeben. Die Bezahlung war gut, aber sie war nicht so gut. So dringend brauchte ich das Geld auch wieder nicht.

Ich schüttelte verneinend den Kopf. „Nein, ich habe momentan kein Interesse daran, im Hauptbereich zu arbeiten."

Er zog eine Augenbraue hoch. „Momentan nicht, also vielleicht in der Zukunft?"

Ich lächelte und senkte leicht den Blick. „Es gibt ein paar Dinge in meinem Privatleben, die ich gerne klären würde, bevor ich so etwas in Erwägung ziehe."

Jake nickte und musterte mich nachdenklich, während er näher zu mir trat. Ich atmete scharf ein, weil mir bewusstwurde, dass wir nur Zentimeter voneinander entfernt waren. Ich war mir nicht sicher, ob es eine Nebenwirkung des Clubs war oder ob ich mich wirklich zu diesem Mann hingezogen fühlte oder ob es eine Kombination aus beidem war. Er streckte eine Hand aus und strich mir die Haare aus dem Gesicht.

„Nun, behalt es im Kopf, falls du jemals Interesse hast. Was mich angeht, so wartet hier jederzeit ein Job auf dich."

„Das weiß ich zu schätzen." Seine Hand lag leicht auf meiner Schulter und ich konnte spüren, wie mein Herz raste.

„Es gibt nur noch eine Sache", sagte er, wobei er die Stirn in Falten legte und an meiner Bluse hinabsah. „Deine Knöpfe. Hast du was dagegen?"

Oh Gott, hatte ich vergessen, einen der Knöpfe meiner Bluse zu schließen? Hatte ich deswegen all die Aufmerksamkeit in der U-Bahn auf mich gezogen? Vielleicht hatte ich für alle Mitfahrer eine Peepshow hingelegt.

„N-nein…", stammelte ich.

Geschickt knöpfte Jake zwei der Knöpfe an meiner Bluse auf und öffnete diese, um eine ziemliche Menge Dekolleté und einen Hauch scharlachroter Spitze meines BHs zu entblößen. Dann entfernte er seine Hand und wich höflich zurück.

„Club V NYC Standard – die obersten vier Knöpfe müssen offen bleiben. Du kannst den Gang runter gehen und dann nach rechts. Celeste wird dort sein, um dir die Bar zu zeigen und dir alles zu erklären."

Ich verließ Jakes Büro völlig verblüfft. Ich war mir nicht sicher, was ich gedacht hatte, das passieren würde, aber dass er meine Bluse aufknöpfen würde, war es jedenfalls nicht gewesen. Ich glaubte nicht, dass daran irgendetwas wirklich Sexuelles oder Unangemessenes gewesen war. Ehrlich gesagt, war das Zurückstreichen der Haare aus meinem Gesicht vermutlich schlimmer als das Aufknöpfen an sich. Der Mann hatte mir keinerlei Hinweise gegeben, dass er sich zu mir hingezogen fühlte. Je länger ich darüber nachdachte, während ich wieder durch den schwach beleuchteten Gang lief, desto mehr begann ich zu glauben, dass das wahrscheinlich das gleiche Gespräch war, das er mit jeder Frau führte, die durch die Türen dieses Clubs trat, um hier zu arbeiten. Natürlich wollten sie eine junge Frau lieber im Hauptbereich sehen als hinter der Theke.

Und mein Alter. Das war die Krönung. Ich sah älter aus, weshalb ich nicht die Leute anziehen würde, die auf der Suche nach Jüngeren sind. Das Wissen, dass ich erst neunzehn war, würde jedoch einen Teil dieser Kerle wirklich scharf machen. Plus die Jungfrauengeschichte... Ich machte mir eine geistige Notiz, dieses Wissen für mich zu behalten. Suzy wusste es, aber Suzy war meine beste Freundin und sie war zu Hause. Es bestand kein Grund, dass irgendjemand in diesem speziellen Etablissement dieses kleine Detail aus meinem Privatleben erfahren musste.

Die Bar war genau da, wie Jake es mir beschrieben hatte und ich fand Celeste dort stehend vor, während sie ein Inventurblatt überprüfte.

„Hi, Celeste?"

Sie sah von ihrem Klemmbrett auf und wirkte nur leicht verärgert, weil sie unterbrochen worden war. Ich

32

konnte mich recht schnell davon überzeugen, dass vier geöffnete Knöpfe tatsächlich dem Standard des Club V NYC entsprachen.

„Du musst Samara sein. Willkommen in meiner Bar." Sie schwenkte ihre Hand einmal im Kreis. „Es ist meine Bar. Das wirst du dir merken müssen. Ich weiß, du hast bei dir zu Hause deinen eigenen Standard und ich bin mir sicher, dass es ein hoher ist und das ist prima. Aber behalt im Kopf, dass das hier mein Laden ist. Ich bin hier die Herrin im Haus. Und auch wenn ich dir am Anfang gerne aushelfe, bist du hier, um mich zu unterstützen. Es verhält sich nicht anders herum."

Ich knickte. „Alles klar."

Sie musterte mich einmal von oben bis unten. „Ich sehe, du hast Jake schon kennengelernt und er hat dich über unsere Knopfregel informiert." Sie verdrehte die Augen. „Er ist größtenteils harmlos. Ich frage mich allmählich, ob es ein Insiderwitz zwischen ihm und den anderen Besitzern ist. Wie auch immer, so lange du nicht sofort aus dem Gebäude rennen und eine Klage wegen sexueller Belästigung einreichen willst, gehe ich mal davon aus, dass du bereit bist, anzufangen?"

„Jep, ich bin startklar."

Celeste legte das Klemmbrett ab. Sie hatte einen kurzen und ernst aussehenden Bob und ich merkte schon, dass diese Frau ganz geschäftsmäßig war und sich nichts bieten ließ.

„Also, unsere Ausstattung entspricht so ziemlich dem Standard. Ich denke nicht, dass du hinter der Bar irgendwelche Probleme haben wirst. Samstagabends wird es hier immer richtig voll und wegen der Werbekampagne erwarten wir ungefähr das doppelte unserer üblichen Gästezahlen. Ich bin mir nicht sicher, ob die Besitzer das Ganze auch bis zu Ende durchdacht haben, aber wir werden es irgendwie schaffen müssen."

Celeste klang verzweifelt. „Zu allem Überfluss kommt noch hinzu, dass einige unserer Mädels hier in den Hauptbereich und nach oben gewechselt sind. Arbeitest du in deinem Club im zweiten Stock?"

Ich schüttelte den Kopf. „Nicht mehr. Ganz am Anfang habe ich dort ab und zu gearbeitet."

„Hier ist es so ziemlich derselbe Aufbau, falls du doch mal hochgehst. Eine offene Lounge, einige private Nischen und die Sky-Bar."

Die Sky-Bar war eines der wenigen Dinge, die Aufmerksamkeit auf den Club V lenkte. Ich wusste aufgrund der Gebäudearchitektur nicht, wie sie in dieser Filiale aussehen würde, aber zu Hause war die Sky-Bar eine Bar, die zu einem Balkon führte. Eine Menge Leute kamen zur Eingangstür und verlangten, hereingelassen zu werden in dem Glauben, dass sie einfach hochgehen und dort einen Drink genießen könnten. Es schien ein gutes Werbemittel zu sein und die Mitglieder waren so weit von der Straße entfernt, dass ihre Privatsphäre nach wie vor gewährleistet war.

„Im Großen und Ganzen ist der Aufbau aller Filialen gleich, nur dass New York die größte ist. Du wirst vielleicht feststellen, dass es hier ein bisschen wilder zugeht, als du es gewöhnt bist. Ich weiß nicht, ob man dir gesagt hat, dass du auf der Hut sein musst, aber das solltest du. Ich würde nicht unbedingt sagen, dass die Leute hier aggressiv sind, aber manchmal geraten sie in einen Zustand und achten dann nicht mehr darauf, wer zum Barpersonal gehört und wer im Hauptbereich arbeitet, obwohl es eigentlich ziemlich eindeutig sein sollte."

Ich wusste, was sie damit meinte. Zu Hause hatten wir auch Mädels, die im Hauptbereich arbeiteten, aber sie machten nicht den Großteil des Geschäfts aus. Es wäre zu riskant Club V zu etwas zu machen, das sich letzten Endes auf ein Bordell reduzieren ließ. Die meisten Leute trafen sich dort, um Sex zu haben. Es ging mehr darum, offen damit umzugehen und Leute zu finden, die an den gleichen Aktivitäten teilhaben wollten, die man selbst bevorzugte. Die Hauptbereichmädels waren nur ein Bonus und sorgten dafür, dass der Laden weiterhin Unterhaltungswert hatte.

In diesem Moment näherte sich eine Gruppe Geschäftsmänner der Bar und Celestes gesamtes Verhalten veränderte sich. „Gentlemen! Was kann ich Ihnen heute Abend bringen?" Ihr Lächeln war kokett und sie zwinkerte einem der Männer zu, als sie sich alle um die Bar versammelten. Nachdem wir ihre Bestellungen aufgenommen hatten, begannen wir beide, die Drinks zu mixen und sie drehte sich zu mir, um sich leise mit mir zu unterhalten.

„Du wirst das Kind schon schaukeln. Dieser Laden ist größer, die Leute sind wichtiger, aber du bist hier, um genau dieselbe Arbeit zu machen." Sie schaute nach vorne zu der Gruppe. „Aber mach dich auf was gefasst. Ich denke, es wird eine wilde Nacht werden."

* * *

„CECE? UNS IST DER WERMUT AUSGEGANGEN", rief einer der Barkeeper vom anderen Ende der Bar und ich brauchte eine Minute, um zu realisieren, dass er mit Celeste sprach. Es war eine sehr arbeitsintensive Nacht mit einer Menge Martinibestellungen gewesen und jetzt um Mitternacht schien uns eine der essenziellen Zutaten ausgegangen zu sein.

„Schau im Lager nach", antwortete sie, wobei sie sich bemühte, das Lächeln für die Gäste vor sich beizubehalten. Sie war eine wahre Zauberin an der Bar und es war kein Wunder, dass die Männer so nah wie möglich an sie rankommen wollten. Sie besaß diese Art frechen Scharfsinn, der die Männer in einem Gespräch herausforderte, aber sie war absolut unerreichbar für sie. Im Verlauf des Abends hatte ich erfahren, dass Celeste glücklich mit ihrer Frau verheiratet war und sie zwei hübsche Kinder hatten.

„Nope, dort hab ich diese Flasche her." Der Barkeeper hielt eine leere Wermutflasche hoch und schwenkte sie herum. „Das war die letzte."

„Gottverdammt", fluchte Celeste unterdrückt. „Erinnere mich daran, dass wir am Montag mehr bestellen. Samara…" Sie wandte sich mir zu und verengte die Augen. „Ich glaube, ich weiß, wo wir noch ein paar zusätzliche Flaschen aufbewahren. Aber das ist in einem der Lagerräume im zweiten Stock. Ich würde ja oben anrufen und den Wermut von einem von ihnen runterbringen lassen, aber in der Sky-Bar gehen sie nie ans Telefon. Geh zurück zum Lagerbereich, nimm den Lastenaufzug hoch zum zweiten Stock und er wird dich in einem Gang absetzen. Geh nach rechts und dann links und dann wieder rechts und dort auf deiner linken Seite wird eine Tür sein. Schau dort nach dem Wermut. Und wenn dort keiner ist, dann klau einfach ein oder zwei Flaschen aus der Sky-Bar."

„Verstanden", sagte ich, bevor ich mich am restlichen Barpersonals vorbeischob und zurück zum Lagerbereich lief. Der Lastenaufzug war leicht zu finden und schoss sofort nach oben, als ich die entsprechenden Knöpfe drückte. Er ließ mich genau dort raus, wie es Celeste erklärt hatte, aber zu dem Zeitpunkt, an dem ich den Gang erreichte, hatte ich bereits die genaue Wegbeschreibung vergessen, die Celeste mir gegeben hatte. Da war was mit rechts und dann links und einer Tür auf der linken Seite gewesen?

Ich machte mich auf den Weg den Gang hinunter,

bog links ab und durchschritt diesen Gang und anstatt irgendwelcher Türen fand ich einen Flur zu meiner Rechten sowie einen zu meiner Linken. Wenn ich geradeaus weitergehen würde, würde ich den Hauptbereich des zweiten Stockwerks erreichen. Daher wählte ich den linken Gang, der mich weg von den pulsierenden Beats führte, die der DJ auflegte, und gelangte irgendwann an eine Tür. Sie lag allerdings nicht zu meiner Linken, was mich verwirrte, aber ich öffnete sie trotzdem und trat in die Dunkelheit. Es sah jedenfalls wie ein Lagerraum aus.

Ich tastete die Wand nach einem Lichtschalter ab, fand jedoch nichts. Ich hatte mein Handy in der Hosentasche, das ich, falls nötig, als Taschenlampe benutzen könnte. Doch zuerst tastete ich den Raum vor mir ab, um herauszufinden, womit genau ich es hier zu tun hatte.

Meine Hände berührten Samt und griffen direkt durch den Vorhang. Plötzlich erkannte ich, dass der Raum, in dem ich mich befand, sehr viel geräumiger war als ein Lagerraum. Als ich mich an dem Vorhang vorbei und in einen schwach beleuchteten Bereich schob, wusste ich gleich, dass ich definitiv falsch abgebogen war, aber ich war zu schockiert von dem, was ich sah, um mich umzudrehen und wegzurennen.

KAPITEL 4

*E*in Teil von mir fragte sich, was zum Geier ich da vor mir sah, während ein anderer Teil genau wusste, was es war.

An der Rückseite dieses riesigen Raumes befand sich eine Bühne und auf dieser Bühne standen fünf splitternackte Frauen, von denen jede ein Halsband trug. Es gab einen Auktionator, der Gebote für die Frau in der Mitte der Bühne entgegennahm. Alles wirkte sehr zivilisiert, denn, wie ich sah, saßen die Gentlemen in dem Raum an runden Tischen, manche für sich, manche mit anderen Frauen, manche mit Männern, von denen ich annahm, dass sie sich geschäftlich kannten.

„Das ist Clara", las der Auktionator, der auf einem Podium stand, aus einem ledergebundenen Heft vor. „Sie ist zweiundzwanzig, ein Seniorstudent an der NYU und hat die vergangenen siebzehn Jahre Ballett praktiziert. Dreh dich bitte für uns um, Clara."

Ich beobachtete, wie Clara tat, worum man sie gebeten hatte, völlig fasziniert und zugleich entsetzt von dem, was ich sah und hörte. Sie versteigerten hier im zweiten Stock des Club V wirklich Frauen.

„Clara erfüllt, wie alle unsere reizenden jungen Damen heute Abend, all die Standardanforderungen. Sie ist Jungfrau und wie Sie an ihrem smaragdgrünen Halsband erkennen können, ist sie gewillt, Sex zu praktizieren, ein wenig Bondage und… anal? Praktizierst du auch anal, Clara?"

Clara drehte sich und lächelte dem Auktionator sowie dem Publikum kokett zu und nickte.

„Ah, sehr gut. Warum beugst du dich für unsere Bieter nicht einmal nach vorne?"

Ich beobachtete gebannt, wie sich Clara nach vorne beugte und ihre Pobacken spreizte, wodurch sie den potenziellen Bietern im Publikum ihren Hintern und Pussy präsentierte. Ich konnte nicht fassen, was ich da sah. Ich wollte wegrennen und aus dem Raum verschwinden, ohne dass mich jemand bemerkte, doch da war irgendetwas, das so… schockierend und brillant war, dass ich die Sache beinahe bis zum bitteren Ende sehen wollte.

„Sehr schön, Clara. Du kannst dich jetzt wieder umdrehen. Wie Sie sehen hat Clara kleinere Brüste, 30A. Wegen des Balletts achtet sie auf ihre Figur und hier ist eine Anmerkung, dass Bondage sehr vorsichtig praktiziert werden muss, damit keine Male zurückbleiben, weil sie in weniger als einem Monat einen Auftritt hat." Der Auktionator ließ den Blick über die Menge schweifen. „Das bedeutet, dass Sie von dieser Dame besser die Finger lassen, Mr. Delaney."

Einige aus der Bietergruppe lachten darüber und dann begann der Auktionator nach Geboten zu fragen.

Zu diesem Zeitpunkt hatte ich genug gesehen. Ich konnte nicht glauben, was ich hier sah, dass all die Gerüchte wahr waren und dass sie hier im zweiten Stock des Club V tatsächlich Jungfrauen versteigerten. Ich musste von hier verschwinden und zwar schnell, bevor jemand bemerkte, dass ich hier stand und diese grenzwürdigen, illegalen Vorgänge beobachtete.

Ich drehte mich um und rannte direkt gegen eine Backsteinmauer, die da vorhin noch nicht gewesen war. Daraufhin bemerkte ich, dass es keine Backsteinmauer war, sondern einer der größten Männer, den ich jemals gesehen hatte, und in dem schwachen Licht konnte ich sein Namensschild lesen, auf dem „Carl" stand.

„Wie bist du hier reingekommen?", flüsterte er harsch, während er mich am Ellbogen packte und zurück durch den Samtvorhang, durch die Tür und hinaus auf den Gang zerrte.

„Ich war auf der Suche nach −"

„Hast du gefunden, wonach du gesucht hast? Was hast du dir dabei gedacht, hier oben herumzuschnüffeln? Du weißt, dass du dich in diesem Teil des Clubs gar nicht aufhalten darfst. Ich weiß nicht, wer zum Teufel du denkst, dass du bist, aber ich bringe dich jetzt zu Mr. Vances Büro."

Mein Herz raste, als mich der Türsteher zurück durch den Gang führte und zu einem anderen Aufzug, einem, der uns hinab zu dem Flur brachte, der die Büros beherbergte. Carl akzeptierte keine meiner Erklärungen.

„Du kannst mit Mr. Vance darüber reden. Du weißt, dass du nicht dort oben sein sollst. Es ist ein Privatbereich. Dieser Vorfall wird dich deinen Job kosten."

Wütend und den Tränen nahe verschränkte ich die Arme vor der Brust. Mir wurde bewusst, dass ich so vermutlich wie ein trotziges Kind aussah, aber diese Behandlung würde ich mir von einem Türsteher nicht gefallen lassen. Ich würde diesem Vance Typen oder Jake, falls ich ihn auftreiben konnte, alles erklären. Ich würde Celeste kommen lassen, damit sie meine Geschichte bestätigten konnte. Ich hatte doch nur nach Wermut gesucht!

Die Tür zu einem der Büros stand leicht offen und Carl klopfte an, bevor er mich hineinführte.

„Mr. Vance, die hier war im Auktionsraum."

„Oh, wirklich?" Der Mann blickte von der Arbeit auf seinem Schreibtisch hoch, irgendwie belustigt über meinen Anblick neben dem gigantischen Carl. „Ich frage mich, wie es der kleinen Maus gelungen ist, sich dort rein zu schleichen. Hast du versucht, selbst auf die Auktionsbühne zu krabbeln?"

„Ich kann es erklären −", setzte ich an, doch ich wurde unterbrochen.

„Ich bin mir sicher, dass du das kannst. Carl, danke, dass du sie runtergebracht hast. Du kannst wieder hochgehen für den Fall, dass es noch andere Eindringlinge gibt, die versuchen, sich bei der Auktion einzuschleichen."

„Ja, Sir", antwortete Carl, ehe er sich umdrehte und mich im Büro mit Vance zurückließ.

„Komm rein und nimm Platz. Wir werden uns kurz unterhalten."

Ich folgte seinen Anweisungen, weil ich wirklich tun wollte, was ich konnte, um meinen Job zu behalten. Es würde offensichtlich einen Moment dauern, das alles zu erklären, aber ich wusste, dass alles in Ordnung kommen würde, wenn Celeste erst mal hochkam, um meine Geschichte zu bestätigen.

Ich nahm ihm gegenüber Platz und jetzt, da ich ihm näher war, konnte ich sehen, was für ein gut aussehender Kerl dieser Mann doch war, von dem ich annahm, dass er ein Manager oder einer der anderen Eigentümer war. Er hatte dunkle Haare und einen leichten Bartschatten am Kinn. Gerade so viel, dass er sexy und irgendwie zerzaust aussah. Seine Augen hatten einen verblüffend dunklen Blauton und der Rest von ihm sah aus, als wäre er eine

Jungfräulichkeit an einen völlig Fremden verlieren wollte. Allerdings war in diesem Fall auch ein riesiger Batzen Geld involviert und ich wusste, wie verlockend so etwas sein konnte. War ich nicht selbst schon an diesem Punkt gewesen? Ich wäre das erste Mal bestimmt nicht durch die Türen des Club V getreten, wenn Suzy mich nicht dazu ermutigt und ich einen Gehaltscheck nicht so bitter nötig gehabt hätte.

„Hast du irgendwelche Fragen, Samara?", fragte er, wobei er seine Fingerspitzen unterhalb seines Kinns aneinanderlegte und mein Starren erwiderte.

„Worüber?"

„Darüber, wie wir agieren, was wir hier machen oder wie das im zweiten Stock alles funktioniert. Und übrigens, ich bin Neil. Du kannst mich bei diesem Namen nennen und mich duzen, wenn du möchtest."

Ich kaute schweigend auf meiner Lippe und sprach dann: „Mir fällt es einfach schwer zu glauben, dass irgendeine junge Frau sich wirklich auf solche Weise einem Mann hingeben möchte, außer es geht dabei um eine Menge Geld. Es fühlt sich wie Nötigung an."

„Ich kann verstehen, warum du so denkst", erwiderte er. „Die Wahrheit ist, dass alle Bieter gründlich durchleuchtet werden, genauso wie die Frauen, die sich auf der Auktionsbühne präsentieren. Niemand wird genötigt. Jeder ist dort, weil er es möchte. Und ich gehe mal davon aus, dass jeder den Raum zufrieden verlässt. Hoffentlich sind sie ein Weilchen später sogar noch zufriedener." Neil grinste süffisant.

„Ich weiß, dass es Dinge gibt, die Menschen dazu bewegen, diese Art von Entscheidung zu treffen, es war nur… etwas anderes es aus dieser Nähe und persönlich zu sehen. Ich weiß nicht, was ich erwartet habe, aber das war es nicht."

Neil nickte. „In dem Fall würde ich dir raten, alles zu

vergessen, das du gesehen hast. Tu einfach so, als wäre es nie passiert. Tu so, als hättest du heute Abend die Bar gar nicht verlassen. Ich werde jemanden losschicken, um den Wermut für dich zu holen, und du kannst Celeste erzählen, dass du bei mir warst. Das sollte dich vor Problemen bewahren… nun, zumindest den meisten Problemen, die sie mit dir haben könnte. Ich will ehrlich mit dir sein, Celeste macht hier, was sie will." Er lachte. „Aber im Ernst, vergiss, was du gesehen hast. Außer…"

„Außer was?" Ich runzelte die Stirn.

Er senkte seine Tonlage und ich hätte schwören können, dass seine sexy Stimme sogar noch rauchiger wurde. „Außer dir hat gefallen, was du gesehen hast."

„Ha! Als ob", schnaubte ich.

Fast wie aufs Stichwort und aus heiterem Himmel lief eine Frau durch die Tür. Und genau wie die Frauen im zweiten Stock auf der Auktionsbühne war sie bis auf ein Halsband splitternackt. Ihres war mit Diamanten besetzt, wohingegen Claras mit Smaragden verziert gewesen war. Doch das Halsband war wohl kaum die Sache, die jemandes Aufmerksamkeit geweckt hätte. Als sie Neils Büro betrat, ein Tablett mit einem Drink in den Händen, hüpften ihre Brüste und deren dunkelrosa Spitzen standen prall und hart und unübersehbar ab. Sie war die reine Perfektion und ihre glatte Haut war völlig haarlos. Ihre Lippen waren in dem gleichen kräftigen Dunkelrot gefärbt, das die meisten Oberflächen des Club V zierte. Ansonsten hatte sie sehr wenig Makeup aufgelegt und ihre langen blonden Haare waren nach hinten zu einem festen Pferdeschwanz gebunden.

„Mr. Vance", sagte sie, als sie sich seinem Schreibtisch näherte und den Drink abstellte.

„Dankeschön, meine Liebe. Samara, das ist Asia. Sie arbeitet im zweiten Stock und gelegentlich bringt sie mir gerne einen Drink vorbei. Wenn ich sie darum bitte." Neil schlug Asia auf den Hintern und sie kicherte. Dann biss sie sich auf die Lippe, als würde sie es sich noch einmal überlegen.

Ich nickte Asia höflich zu, aber wandte den Blick nicht von Neil ab. Die Frau war unglaublich attraktiv und es fiel mir schwer, ihren nackten Körper nicht anzuglotzen, aber ich wollte nicht, dass Nail dachte, er hätte irgendeine Art von Kontrolle über mich.

„Zurück zu unserem Gespräch – bist du dir sicher, dass dir das, was du gesehen hast, nicht ein klitzekleines bisschen gefallen hat, Samara? Bist du dir sicher, dass dich nichts davon auch nur im Geringsten interessiert hat?"

Ich schüttelte den Kopf, obwohl ich spürte, wie feucht mein Slip war. Ich würde nicht zugeben, dass ich für einen ganz kurzen Moment, als ich Clara dabei beobachtet hatte, wie sie sich vor diesen Bietern präsentiert hatte, darüber nachgedacht hatte, wie es sich wohl anfühlen würde, wenn ich dort oben wäre und meine Beine vor den Männern und Frauen spreizte, die zusahen. Wie würde es sein, sich derartig zur Schau zu stellen und zuzuhören, wie die Leute Gebote abgaben und darum kämpften, wer mich zum ersten Mal nehmen durfte?

„Nein, überhaupt nicht", antwortete ich, ohne mit der Wimper zu zucken.

Neil verzog die Augen zu Schlitzen und nippte an seinem Glas. Dann, während er mir weiterhin in die Augen blickte, streckte er seine Hand zur Seite und schob einen Finger zwischen Asias Schamlippen. Ich bemühte mich mit aller Macht darum, den Schock nicht auf meinem Gesicht zu zeigen, musste allerdings die Armlehnen des Stuhls umklammern, damit ich nicht rausfiel.

Er streichelte ihre Pussy und ich konnte einfach nicht anders, als meine Augen zu ihr huschen zu lassen und festzustellen, dass sie bereits äußerst feucht und seine

Finger mit ihrer Feuchtigkeit benetzt waren. Ihre Augen waren geschlossen und sie zwickte sich in ihre beiden Brustwarzen, während er ihre Klit rhythmisch zwirbelte.

Ich blinzelte und schaute wieder zu Neil.

Er lächelte mich an und zog eine Augenbraue hoch. „Du bist kein bisschen neugierig, was gerade mit Clara passiert? Wie gut sie von jemandem gevögelt wird, der weiß, was zu tun ist? Kannst du es dir vorstellen – das erste Mal einer Frau und sie ist mit jemandem zusammen, der genau weiß, was er tun muss, um sie zu befriedigen? So viele haben kaum die Gelegenheit dazu. Ernsthaft, es muss ein wundervolles Gefühl sein, jemanden zu haben, der sich Zeit mit einem lässt, einen immer wieder auf die Klippe zu treibt und dann endlich hinunterstößt… genau in dem Moment, in dem er sich in dich rammt."

Ich räusperte mich. Asia stöhnte jetzt hörbar und ich versuchte, nicht auf meinem Stuhl hin und her zu rutschen. Ich war feucht und ich wusste, dass diese Empfindung stetig zugenommen hatte seit dem Moment, in dem ich die Frauen auf der Bühne im zweiten Stock gesehen hatte. Jetzt, als ich beobachtete, wie dieser unfassbar umwerfende Mann eine der hübschesten Frauen, die ich jemals erblickt hatte, fingerte, konnte ich mich kaum davon abhalten, nach unten zu greifen und…

„Alles in Ordnung mit dir, Samara? Du wirkst leicht erhitzt."

Er stieß seine Finger hart in Asia und innerhalb eines Wimpernschlags wand sie sich auf seinen Fingern und biss auf ihre Knöchel, um ihren Schrei zu ersticken, als sie auf seiner Hand kam.

„Ich denke, wir sind hier fertig", verkündete ich, aber wartete, bis er mir zu gehen erlaubte.

„Du kannst gehen", sagte Neil lächelnd. „Aber ich denke, Asia und ich fangen gerade erst an." Mit seiner freien Hand griff er nach einer Visitenkarte und reichte sie mir, während zwei Finger seiner anderen Hand nach wie vor in Asia versenkt waren. „Samara, falls du jemals irgendetwas brauchst, zögere nicht, mich anzurufen. Ich meine es ernst. Egal was."

Er zwinkerte und damit erhob ich mich und wandte mich zum Gehen, denn ich wollte so weit weg wie möglich von diesem Büro und dem, was auch immer gleich zwischen ihm und der Kellnerin passieren würde. Ich machte einen kleinen Umweg, wobei ich dieses Mal sorgsam darauf achtete, wohin ich ging, und suchte die nächstgelegene Damentoilette auf. Ich eilte hinein, schloss die Tür hinter mir und verriegelte sie. Es handelte sich um eine einzelne Toilette, was vermutlich bedeutete, dass sie nur für das Personal gedacht war, und ich war dankbar für diesen Augenblick der Privatsphäre.

Wovon war ich gerade Zeuge geworden und warum rief es diese Gefühle in mir hervor? Ich versuchte die Empfindungen beiseite zu schieben, aber ich war so erregt und wusste, dass ich meine Schicht auf keinen Fall mit diesem sehnsüchtigen Ziehen beenden konnte, das sich in mir aufstaute.

Meine Nippel waren steinhart und ich zwickte sie beide jeweils fest durch meine Bluse. Es fühlte sich gut an, dennoch stellte ich mir vor, wie es sich angefühlt hätte, Neils oder sogar Asias Lippen um die zusammengezogenen Knospen zu spüren.

Ich raffte meinen Rock und griff in meinen Slip, den ich tropfnass vorfand, und tastete nach meiner geschwollenen, pochenden Klit. Ohne mich zurückzuhalten, stimulierte ich mich hart und schnell und es dauerte nicht gerade lang, bis ich die Wärme eines beginnenden Orgasmus spürte und dann mit einem Keuchen von ihm überrollt wurde. Ich betrachtete mich im Spiegel und dachte, wie glücklich sich doch jeder dieser Männer dort oben schätzen könnte, mich zu haben, obwohl ich wusste, dass ich niemals so etwas tun würde.

Ich wusch meine Hände, richtete mich wieder präsentabel her und ging zurück zur Bar. Dort fand ich eine verzweifelte Celeste. Aber Neil hatte nicht gelogen. Sie hatte einige Flaschen Wermut in ihrem Besitz und all die Kerle, die so tun wollten, als wären sie James Bond, waren jetzt versorgt und glücklich mit Martinis in ihren Händen. Als Celeste mich entdeckte, verengte sie die Augen.

„Ich war bei Neil – Mr. Vance."

Mir war nicht klar gewesen, dass das Zauberworte waren, aber Celestes Miene wurde weich und sie nickte, auch wenn ein fragender Ausdruck in ihren Augen zurückblieb.

„Ist alles in Ordnung?"

Ich nickte bestätigend. „Yeah, das ist es. Tut mir leid wegen dem Wermut. Es gab da eine kleine Verwechslung."

Celeste winkte ab und gemeinsam brachten wir den Rest der Samstagnachtschicht hinter uns. Ich war noch nie in meinem Leben so froh, mit der Arbeit fertig zu sein und zurück nach Hause nach Jersey fahren zu können, wie ich es am nächsten Morgen war, als die Dämmerung langsam über den Horizont kroch.

KAPITEL 5

*I*ch trat in die Glasdusche und unter den heißen Strahl und genoss die heißen Wassermassen, die über meine Haut strömten. Ich ließ das Wasser über mein Gesicht laufen, während ich darüber grübelte, wie es wohl wäre, meine Jungfräulichkeit aufzugeben. Darüber zerbrach ich mir jeden Tag den Kopf seit dem, was ich im Club V in NYC gesehen hatte. Ich konnte das Bild einfach nicht aus meinem Kopf löschen. Nach oben greifend begann ich meine Haare zu waschen und das Shampoo in meinen langen Locken aufzuschäumen. Ich schloss die Augen und fing an, einen alten Song zu summen, als der Lärm der Dusche das Geräusch der sich öffnenden Badezimmertür dämpfte.

Fast, aber nicht ganz.

Ich behielt die Augen geschlossen, während ich hörte, wie die Glastür mit einem kaum hörbaren Klicken aufschwang und sich dann wieder schloss. Kräftige Hände begannen meinen Körper zu liebkosen und das parfümierte, feuchtigkeitsspendende Duschgel auf der Länge und Breite meines Körpers zu verteilen. Jeder Teil von mir stand plötzlich in Flammen, nachdem er von starken, forschenden Händen berührt worden war. Ich war sofort feucht und eine Hitze, die rein gar nichts mit dem Wasser zu tun hatte, flutete jetzt die Stelle zwischen meinen Schenkeln.

Er war es.

Ich hatte mir seine Berührungen schon mal vorgestellt.

Ich sehnte mich danach.

Ich drückte meinen Po leicht nach hinten und wurde – sehr zu meiner prickelnden Überraschung – mit leichten Zungenschlägen gegen meine feste Rosette belohnt. Ich erschauerte freudig; er musste hinter mir knien.

Ich verzehrte mich nach dem Gefühl seiner Zunge, die über meinen Anus glitt. Ich stöhnte vor Wonne, als er eine kräftige Hand meinen Schenkel hochwandern und auf meiner Vulva zur Ruhe kommen ließ, wobei sein Daumen fest zwischen meinen Schamlippen lag.

Oh Gott!

Seine Berührung fühlte sich so gut an. Ich stemmte beide Hände gegen die Wand und spreizte meine Beine weiter, um ihm noch besseren Zugang zu meiner Pussy zu gewähren. Seine Zunge unterbrach ihre langsame Folter nicht, sondern drückte sich gegen mein enges Loch und bat um Einlass, nur um sich dann nach einer Reihe leichter Zungenschläge zurückzuziehen.

Meine Brustwarzen hatten sich zu harten Perlen zusammengezogen, die schmerzten, ein sicheres Anzeichen, dass sich ein Orgasmus anbahnte. Lange Locken hingen mir ins Gesicht und bewegten sich in einem trägen Rhythmus zu der Art und Weise, wie ich meinen Kopf vor Vergnügen nach hinten warf.

Sein Daumen rührte sich nicht, weshalb ich anfing mich an ihm zu bewegen. Ich rieb mich im Takt mit seiner Zunge und genoss es, wie sein Finger meine anschwellende Klitoris streifte.

Oh fuck. Ich war so kurz davor.

Mein Atem begann nur noch stoßweise zu kommen und meine Hüften fingen an, sich wie von selbst zu bewegen. Mein Stöhnen hallte jetzt laut von den Fliesen, denn ich dämpfte es nicht aus dem Bedürfnis heraus, mich für ihn zu benehmen. Ich war einfach nur noch ein Wesen aus purer Lust.

Irgendwie wusste er das, denn er stand auf und stieß sich in mich. Die harte, dicke Länge seines Penis füllte mich so jäh und dehnte meine jungfräulichen Wände, dass ich aufschrie, als die Wonnen meines Orgasmus durch meinen Körper fegten.

Ich lehnte mich zur Stütze an die feuchte Fliesenwand, denn meine Knie waren ganz schwach von den Empfindungen, während mein Körper vor Ekstase erbebte. Er begann sich rein und raus zu bewegen, wobei er mir absichtlich eine Erleichterung von den machtvollen Empfindungen verwehrte, die mich aufgrund seiner Berührungen durchströmten. Das trieb mich auf einen erneuten Orgasmus zu.

Der schlimmste und zugleich beste Teil des Ganzen war, dass er gegen diese berauschende Lust, die wir erzeugt hatten, scheinbar immun war. Ich versuchte, länger als er durchzuhalten, aber schaffte es nicht einmal annähernd. Zu dem Zeitpunkt, an dem er minimal ins Schwitzen geriet, flehte ich bereits nach einem weiteren Orgasmus... zum zweiten Mal.

Während ich mich an die Fliesenwand krallte, pulsierte meine Pussy vor Verlangen und Vergnügen, der Geruch von Sex vermischte sich mit dem heißen Dampf der Dusche und ich fragte mich, woher er nur wusste, wie er meinen Körper manipulieren musste? Eigentlich war mir das egal, solange ich nur wieder kommen durfte.

Er bewegte sich langsam und bedächtig in mir, benutzte seinen Penis, um meine inneren Wände zu streicheln, balancierte an der Grenze meines verebbenden Orgasmus und verwehrte mir eine Pause zwischen den Empfindungen, während er zugleich eine Überstimulation vermied.

Fuck, es fühlte sich so gut an und ich brauchte jetzt Erleichterung, aber es war offenkundig, dass er mir keine gewähren würde. Mit einer Hand auf meiner Mitte, sein Zeigefinger war jetzt fest auf meine geschwollene Klitoris gepresst, und seiner anderen zur Stütze an meiner Hüfte, war er in der perfekten Position, um mich stundenlang auf diese Weise zu quälen. Ich wusste, dass er, ganz gleich wonach sich mein Körper sehnte, völlig zufrieden damit wäre, mich eine weitere Stunde in diesem post-orgasmischen Zustand zu halten, bis ich auf ein wimmerndes Wrack reduziert worden war und um Erlösung flehte.

Sein Finger tippte ein paarmal auf meine Klit und ich schwöre, ich sah Sterne. Fuck, es fühlte sich unglaublich an, aber ich musste nochmal kommen. Doch hier, jetzt, mit seinem Penis bis zum Anschlag in meiner tropfnassen Pussy, die Ohren gefüllt mit den Geräuschen meines eigenen Keuchens und Stöhnens, seinen Händen auf mir, die mich um die süße Erlösung meiner Lust führten anstatt darauf zu, wusste ich, dass ich diese Erleichterung nicht erreichen konnte.

Mein Körper schmerzte und erschauerte vor Wonne, weil er mir absichtlich meine Erlösung verwehrte. Er zeigte mir, wie ich mich ihm ganz und gar unterwerfen konnte.

Dass er meinen Körper auf jede Art und Weise kontrollierte, nur mit einer einzigen Berührung. Ich lehnte mein Gesicht an die kühlen Fliesen und realisierte, dass es nur noch eine Sache gab, die ich tun konnte, um meinen Höhepunkt zu bekommen.

Betteln.

Meine Augen flogen auf, als sich das Sonnenlicht in mein Bewusstsein bohrte und mich aus meinem Traum katapultierte. Verflixt und zugenäht! Ich hatte verdammt nochmal schon wieder geträumt und mich in dem aufregendsten Sex verloren, den ich jemals gehabt hatte. Ich lächelte in mein Kissen. Das war ein verflucht fantastischer Traum gewesen und mein Slip war klatschnass. Ich war im Schlaf gekommen. Verdammt. Diese Träume hatten meinen Verstand in Beschlag genommen, seit ich den Auktionsraum gesehen hatte. Das Mädchen, das sich allen präsentiert hatte.

Es war an der Zeit mich endlich am Riemen zu reißen oder ich würde noch den Verstand verlieren!

* * *

SECHS MONATE später hatte sich in der Club V Filiale in Jersey nicht viel verändert. Ich ging immer noch jeden Tag, an dem ich eine Schicht hatte, dorthin und schmiss die Bar, wenn Suzy nicht da war, und schmiss sie mit ihr, wenn sie da war. Wir waren laut dem Management ein Dreamteam und hatten beide im Verlauf der Zeit, die wir dort verbracht hatten, großartige Gehaltserhöhungen erlebt.

„Ich weiß nicht, wie ich jemals zu einem Job in der Geschäftswelt wechseln soll. Dort kriegt man kein Trinkgeld, oder?", fragte Suzy mit einem Lachen und Stirnrunzeln.

„Sie werden dir zwar kein Trinkgeld geben, aber manchmal bekommst du einen Firmenwagen, wenn du dich wirklich gut benimmst. Oh, und Weihnachtsgeld!"

„Okay, das klingt schon besser."

„Aber in dem Setting ist es Leuten nicht erlaubt, dir fünfzig Dollar zwischen die Brüste zu schieben. Und wenn

55

sie es doch tun, dann kannst du sie vor Gericht zerren und sie zu fünfhunderttausend Dollar machen."

Suzy lachte abermals. „Im Ernst, Samara, du machst mir dieses Geschäftsleben wirklich schmackhaft."

„Ladies, nicht alles, was glänzt, ist Gold", warf Tommy Rollins von der anderen Seite der Theke ein. „Ganz egal, wie es aussieht, glaubt mir, jede Geschichte hat auch immer eine andere Seite. Wisst ihr, ihr denkt, ihr seht all diese Leute... all diese Leute, die hier jedes Wochenende reinkommen, und ihr denkt, sie haben alles. Ich sag euch was. Diese Leute haben einen Scheiß."

Tommy Rollins, Topinvestmentbanker, saß zum fünften Mal in eben so vielen Wochen betrunken an meiner Bar. Ich wusste nicht, was mit dem Mann los war, da ich versucht hatte, meine persönlichen Gespräche mit ihm einzuschränken, aber es war eindeutig, dass bei ihm irgendetwas schieflief, entweder zu Hause oder in der Arbeit. Ich tippte auf letzteres und wollte nicht nachfragen. Er hatte mit einer Menge sehr wichtiger Leute zu tun und in dem unwahrscheinlichen Fall, dass irgendetwas, das mit seinem Geschäft zu tun hatte, den Bach runterging, wollte ich nicht in einer Situation landen, in der ich vor Gericht aussagen musste, was mir Tommy Rollins anvertraut hatte, während er auf einem Barhocker gesessen hatte.

„Niemand hier hat nichts..." Seine Worte verschwammen alle zu einem Brei. „Vielleicht ihr zwei", sagte er, als er sich wieder zu Suzy und mir drehte und uns nachdenklich musterte. „Yeah, wenn ich raten müsste, würde ich sagen, dass ihr zwei vermutlich die reichsten Leute hier drin seid. Habt ihr eine Familie, die ihr liebt?"

Suzy ging zu einem anderen Kunden und schluckte den Köder nicht. Dadurch fiel es mir zu, mich allein um Tommy zu kümmern.

Ich nickte. „Ja, das habe ich."

Er hob sein Glas. „Gut für dich. Weißt du, was ich habe? Einen Scheiß. Ich hatte früher eine Frau und wir hatten ein Baby… und dann starb das Baby, sie. Und meine Frau kam damit nicht klar. Oder eher, ich war nicht ‚da für sie' und sie ging zurück zu ihrer Mom nach Toronto. Ich meine, meine Güte Frau, was soll ich denn tun? Dich im Arm halten, während du weinst, oder für den ganzen Scheiß bezahlen, den du angeblich zum Leben brauchst?"

Ich schenkte ihm ein mitleidiges, leichtes Lächeln. „Es tut mir leid, Tommy. Ich wusste nicht von dem Baby."

„Da gibt's nicht viel, was du machen kannst", sagte er. „Babys sterben. Verrückt, oder? Sie sind da und sie sind so klein und du würdest alles tun, um dich um sie zu kümmern, aber sie sind so winzig und was macht man überhaupt, um sie am Leben zu halten? Dann eines Tages wachst du auf, wie auch an jedem anderen Tag während deiner gesamten beschissenen vierzig Jahre auf dieser Erde… aber dein Baby wacht nicht auf. Verdammte Scheiße, was soll das, Gott?"

Ich hatte überlegt, ihn zu unterbrechen und ihm ein Taxi zu rufen, aber nachdem ich das gehört hatte, brachte ich es nicht übers Herz. Ich hatte keine Ahnung, wie frisch sein Verlust war.

„Der geht auf mich, Tommy", sagte ich und schob ihm noch einen Scotch hin. „Aber lass es langsam angehen, okay? Ich möchte mir keine Sorgen darum machen müssen, dass du nicht sicher nach Hause kommst oder auf dich aufpasst."

Er sah aus, als würde er gleich in Tränen ausbrechen und ich blickte mich hektisch nach Servietten um für den Fall, dass er welche bräuchte.

„Samara, Süße. Versprich mir nur eines: Mach, was immer nötig ist, um deine Familie zusammenzuhalten. Mir ist egal, wie schwer es ist, nichts ist schlimmer, als in dieser Welt allein zu sein. Dinge werden einem einfach entrissen und man hat vielleicht keine Kontrolle über die Situation, aber wenn du doch eine hast – um Himmels willen, dann tu für deine Familie was auch immer du musst."

Ich nickte rasch und ging an der Bar weiter, um einem anderen Clubmitglied zu helfen. Es passierte nicht oft, dass ich diese Art von Gesprächen an meiner Bar führte. Wir waren immerhin ein Sexclub. Daran bestand kein Zweifel, wenn man den Hauptbereich betrat. Aber die Barhocker neigten dazu, von Leuten besetzt zu werden, die am Rand des ganzen Sex und der Aufregung saßen. Es war, als ob sie Teil davon sein wollten, aber irgendetwas in ihnen sie irgendwie davon abhielt, zu hundert Prozent anwesend zu sein und die Situation zu ihrem Vorteil zu nutzen. Was wirklich eine Schande war, wenn man den Preis bedachte, den sie zahlten, um durch die Tür laufen zu dürfen, sich hinzusetzen und sich von mir Drinks servieren zu lassen.

An meinem Platz hinter der Bar, wo ich einige Gläser abtrocknete, wandten sich meine Gedanken meiner eigenen Lebenslage zu. Vielleicht war das ganze Zeug darüber, am Rand zu stehen und nicht mitzumachen, etwas, worüber ich in meinem eigenen Leben nachdenken sollte. Ich verwandte so viel Zeit auf die Arbeit und das College, dass es vieles gab, das mir entging. Ich sollte wirklich auf meine eigenen Worte hören und anfangen, sie auf mein Leben anzuwenden, wenn ich hinter der Theke solche Ratschläge von mir geben wollte.

„Wie geht's Tommy?", erkundigte sich Suzy, als sie zu mir kam und sich neben mich stellte. „Das sah aus, als würde es übel enden."

„Yeah, aber ich glaube, es ist jetzt okay. Ich mach mir Sorgen um ihn, aber er scheint wenigstens zu wissen, was im Leben wichtig ist. Ich hatte nur keine Ahnung, dass er so ein Trauma durchgemacht hat."

Suzy schaute hinaus in den Raum auf unsere Freitagabendmeute. Im Moment ging es ziemlich zahm zu, aber mit Voranschreiten der Nacht würde es zweifellos wilder werden.

„Man weiß einfach nie, was die Leute mit sich herumschleppen."

Ich nickte und spürte plötzlich, dass mein Handy vibrierte. Ich wurde nicht oft angerufen, wenn ich auf der Arbeit war, weshalb ich nach dem Handy griff und sah, dass es meine Mom war.

„Das ist komisch", sagte ich leise. „Suzy, ich werde den Anruf annehmen. Bin gleich wieder zurück."

Ich bog um die Ecke und nahm den Anruf entgegen.

„Hey Mom, was gibt's?"

„Schatz, du musst ins Krankenhaus kommen. Dein Bruder ist bei seinem Footballspiel zusammengebrochen und sie haben ihn in die Notaufnahme gebracht. Wir sind jetzt hier und ich… ich weiß nicht, was sie machen werden…"

„Was?! Mom, ich bin gleich da. Ist Dad bei dir?"

„Er ist gerade mit Josh im Zimmer. Dein Bruder ist wieder bei Bewusstsein, aber sie werden ihn nochmal für einige Tests holen. Alles hängt gerade in der Schwebe und wir wollen ihn nicht allein lassen. Wenn du dir freinehmen könntest, denke ich, wäre es am besten, wenn du hierherkommen könntest… bald, Schatz."

Ich beendete den Anruf und ging zurück zur Bar. Meine Emotionen mussten auf meinem Gesicht zu sehen sein, denn Suzy bemerkte sofort, dass irgendetwas ganz und gar nicht stimmte.

„Was ist passiert? Musst du gehen?", fragte sie mit besorgter Stimme.

„Yeah", meine Stimme klang erstickt und brüchig. Ich

nickte mit dem Kopf. „Ja, ich muss gehen. Es geht um meinen Bruder. Ich weiß nicht, was los ist, aber er ist beim Footballspiel zusammengebrochen und jetzt ist er in der Notaufnahme. Meine Mom… meine Mom scheint zu denken, dass ich dort sein muss, also…"

„Geh, verschwinde sofort von hier. Hol deine Tasche und geh."

Wie betäubt taumelte ich durch den Flur zum Umkleideraum und schnappte mir meine Sachen aus meinem Schließfach, bevor ich aus dem Club hastete und zu meinem Auto.

Ab dem Moment geschah alles furchtbar schnell. Ich hatte keinerlei Erinnerung an die Route, die ich zum Krankenhaus wählte. Alles lief ganz automatisch und unterbewusst ab, da sich mein Gehirn noch an die Zeit erinnerte, als ich die Strecke jeden Tag gefahren war, um meinen Opa zu besuchen. Auf dem gesamten Weg zum Krankenhaus konnte ich nur daran denken, wie sehr ich meinen Bruder liebte und dass ich alles tun würde, damit es ihm gut ging. Er war so ein starker, witziger Kerl. Immer mittendrin im Geschehen, immer dabei, die Leute zum Lachen zu bringen. Die Leute kamen einfach nicht umhin zu lächeln, wenn Josh in der Nähe war, und jeder liebte ihn.

Der Gedanke, dass er dort in einem Krankenhausbett lag, langgestreckt und mit Schläuchen und Drähten, lähmte mich beinahe vor Angst. Er war mein kleiner Bruder, obwohl zwischen uns nur ein geringer Altersabstand bestand. Natürlich hatten wir uns als Kinder wie Hund und Katze gestritten, aber die Wahrheit war, dass er mir von allen Familienmitgliedern am nächsten stand. Es gab nichts, das ich nicht tun würde, um zu versuchen, ihm das Leben zu erleichtern.

Tommys Worte fielen mir wieder ein und mir lief es eiskalt über den Rücken. Es war einfach zu gruselig, erst dieses Gespräch zu führen und kurz darauf mit einer potenziellen Tragödie konfrontiert zu werden.

„Bitte, mach, dass es ihm gut geht", sprach ich laut in die Luft, während ich über die Straße zum Krankenhaus raste.

Ich kam an, wobei ich kaum wusste, wie ich überhaupt hierhergekommen war, und parkte auf dem Parkplatz für die Notaufnahme. Wie der Blitz rannte ich zu den automatischen Türen und wartete dann, bis sie sich langsam öffneten. Fluchend stürzte ich in den Wartebereich der Notaufnahme.

Keiner meiner Eltern war zu sehen, weshalb ich zur Rezeption lief.

„Josh… Tanza", sagte ich und bemerkte erst da, dass mir die Puste ausgegangen war.

Die Krankenschwester sah von ihrem Computer hoch. „Hol erst mal tief Luft, Herzchen. Geht's dir gut? Brauchst du einen Arzt?"

Ich schüttelte verzweifelt den Kopf, während ich darum rang, die Worte zu finden, die ich in diesem Moment brauchte. Es war einfach alles zu viel und ich war überwältigt, weil ich nicht wusste, wo meine Eltern waren oder wie es Josh ging.

„Mein Bruder. Ein Krankenwagen hat meinen Bruder hergebracht." Ich holte nochmal tief Luft. „Er ist bei seinem Footballspiel zusammengebrochen."

Das schien ihr etwas zu sagen, denn sie nickte und deutete zu einem Flur. „Footballspieler, das stimmt. Vorhang drei. Es sollte in Ordnung sein, wenn du jetzt dort reingehst."

Ich eilte durch den Flur und las die Zahlen, die über den verschiedenen von Vorhängen verdeckten Bereichen der Notaufnahme klebten. Ich erreichte Vorhang drei und zu meiner Überraschung war der Raum dahinter leer und frische Bettwäsche auf dem Bett. Ich wirbelte herum, schockiert und verängstigt, was das zu bedeuten hatte, aber zum Glück erfasste eine Krankenschwester, die in der Nähe stand, die Situation und eilte zu mir.

„Suchst du nach dem Footballspieler?"

Ich nickte bestätigend.

„Alles ist in Ordnung, sie haben ihn bloß hoch in den dritten Stock verlegt. Wenn du einfach dort vorne hochgehst und dann in der Schwesternstation nachfragst, werden sie dich zu ihm schicken."

Ich hatte das Gefühl, als würde das alles viel zu lang dauern. Ich wollte einfach nur an Joshs Seite eilen und mich vergewissern, dass alles in Ordnung kommen würde. Zu diesem Zeitpunkt hatte ich keinen blassen Schimmer, was überhaupt los war, was wirklich passiert war oder ob er sich in Lebensgefahr befand. Dass er auf ein richtiges Zimmer verlegt worden war, schenkte mir keinen Trost und ich fragte mich, was hier um Himmels willen vor sich ging, während ich erneut durch den Flur sprintete und in einen der Aufzüge.

Im dritten Stock ging es zu wie in einem Bienenstock und ich wurde direkt vor der Schwesternstation ausgespuckt.

„Entschuldigen Sie, mein Bruder ist Josh Tanza. Mir wurde gesagt, dass er hier oben ist." Ich schaute zu dem Krankenhauspersonal hinter dem Tresen und wartete darauf, dass jemand Erbarmen mit mir hatte.

Einer der Krankenpfleger nickte. „Ja, der Footballspieler. Er ist in 308."

Jetzt, da ich wusste, wo mein Bruder war, war ich nicht mehr ganz so in Eile, weil ich mir nicht sicher war, was mich erwartete. Meine Mom hatte nicht die Zeit gehabt, um mir am Handy alles zu erklären und jetzt musste ich mich der Tatsache stellen, dass Josh wirklich, wahrhaftig krank war.

Die Tür stand offen und ein Arzt verließ gerade das

Zimmer, als ich mich näherte. Meine Eltern standen zu beiden Seiten von Joshs Bett und mein Bruder lag darin, an mehrere verschiedene Monitore angeschlossen. Er sah so bleich aus, dass man meinen könnte, er hätte entweder ein Gespenst gesehen oder sich irgendwie selbst in eine Casper-ähnliche Version seiner selbst verwandelt.

„Oh mein Gott, Josh." Ich eilte an die Seite meiner Mutter, aber zögerte, mich nach vorne zu beugen und meinen Bruder zu umarmen. Stattdessen entschied ich mich dafür, seine Hand zu drücken. Er ballte sie zu einer kräftigen Faust, aber nicht annähernd so kräftig, wie er es eigentlich konnte, und das machte mir Sorgen.

„Schatz, ich bin so froh, dass du hier bist", sagte meine Mom, als sie mich umarmte. Mein Dad lief um das Bett, um uns beide fest in seine Arme zu ziehen, während Josh mit einem leichten Grinsen im Gesicht von seinem Krankenhausbett aufsah.

„Habt ihr Spaß?", fragte er.

Ich verdrehte die Augen über ihn. „Hey Alter, sei nett. Du hast uns allen einen Riesenschreck eingejagt. Was ist los mit dir?" Ich stellte meine Frage genauso sehr an Mom und Dad wie an Josh.

„Wir warten immer noch auf ein paar Ergebnisse des Arztes", erklärte mein Dad ruhig. Er wirkte erschöpft, als hätte das, was auch immer meinem Bruder auf dem Footballfeld passiert war und er mitansehen hatte müssen, ihm Jahre seines Lebens geraubt. So weit ich wusste, konnte das durchaus sein.

Josh sah nicht gut aus. Er war blass und seine Haut klamm und obwohl ich wusste, dass er es hasste, überprüfte ich immer wieder seine Temperatur mit meinem Handrücken.

„Du bist zu kalt, Josh."

„Was du nicht sagst", entgegnete er grummelnd. „Und sie erlauben mir noch nicht, ein Shirt anzuziehen. Ich muss eine Weile an diese ganzen Teile angeschlossen bleiben."

„Na ja, sie müssen eben herausfinden, was los ist. Meine Vermutung ist, dass ein Cheeseburger daran schuld ist. Irgendwie, auf irgendeine Art liegt es an einem Cheeseburger."

„Ha-ha", sagte Josh, der meine Bemerkung gar nicht witzig fand. „Nur zu deiner Information, ich habe mich an eine gesunde, proteinreiche Ernährung gehalten. Hab versucht, schlank zu bleiben."

Er sah allerdings nicht schlank aus. Er wirkte eher aufgedunsen, als hätte er einen Tick zu viel Sodium konsumiert. Ich machte mir Sorgen, zwar weniger als auf dem Weg hierher, aber dennoch genug, dass ich mich bewusst anstrengte, meine Gefühle nicht auf meinem Gesicht zu zeigen, so gut ich eben konnte.

„Mom, Dad, braucht ihr irgendetwas? Ich könnte euch ein paar Snacks oder Kaffee oder so was holen. Was auch immer ihr braucht."

Meine Mom schüttelte ihren Kopf. „Gerry und ich möchten hierbleiben, damit wir den Arzt nicht verpassen. Es ist nicht nötig, dass du dir wegen uns solche Umstände machst."

„Das sind doch keine Umstände, Mom. Wirklich, ich würde sehr gerne etwas für euch tun." Daraufhin hielt ich inne, lauschte in mein Inneres und nahm mir einen Moment, um zu verstehen, dass ich in Wahrheit versuchte, mich selbst von den Geschehnissen abzuschirmen, die meine Familie gerade in ihrem Griff hielten. Es war schwer in diesem Raum zu sein und meinen kleinen Bruder zu sehen, der an diese Maschinen angeschlossen und absolut hilflos war. So sollten die Dinge eigentlich nicht laufen, zumindest nicht für jemanden in seinem Alter, der noch so viele Jahre seines Lebens vor sich hatte. Auf Josh wartete eine Zukunft, eine, die strahlend aussah. Wie war es nur möglich, dass er es mit etwas dieser Größenordnung zu tun hatte, was auch immer es war?

Ich spürte, wie mir Tränen in die Augen traten, und entfernte mich vom Bett, um mich auf einen der Stühle im Zimmer zu setzen und mein Gesicht in den Händen zu vergraben. Es war ignorant und dumm, das alles infrage zu stellen. Natürlich konnte so etwas in meiner Familie passieren – Menschen hatten tagtäglich mit so etwas zu kämpfen und wir bildeten da keine Ausnahme. Es war nur so lange her, seit wir es mit irgendeiner Art von Tragödie zu tun gehabt hatten und nichts davon hatte meine Familie direkt betroffen. Woran ich hier zu knabbern hatte war meine Ignoranz und eine Art Privileg – ich hatte noch nie eine Gesundheitskrise wie diese durchmachen müssen und jetzt, da sich eine mitten in meiner Familie befand, war es, als wäre eine Bombe explodiert. Dieses Mal war ich nah genug an der Bombe dran, um die Auswirkungen einer solchen Explosion zu spüren.

Mein Dad kam zu mir und schlang seinen Arm um meine Schulter und tröstete mich, während ich weinte. Hier ging es nicht um mich, aber ich musste die Emotionen rauslassen. Ich wollte das Gleiche wie meine Eltern – herausfinden, was mit Josh los war und dafür sorgen, dass wir alles Nötige taten, damit es ihm wieder gut ging.

KAPITEL 6

*W*ir warteten gefühlte Ewigkeiten darauf, dass einer der Ärzte mit den Testergebnissen vorbeikam und sie mit uns besprach. Einen Moment fragten wir uns sogar, ob es erst am nächsten Tag während der Morgenvisite sein würde. Wir wussten jedoch alle, dass wir nirgendwo hingehen würden, bis wir nicht irgendwelche Informationen bezüglich Joshs Zustand erhalten hatten.

Einer der Ärzte war mitten in der Nacht reingekommen, um zu besprechen, was Josh auf dem Footballplatz passiert war.

„Strenggenommen war es ein Herzinfarkt", erklärte er.

Ich packte den Arm meiner Mom, um mich einerseits zu wappnen und andererseits sicherzustellen, dass sie nicht direkt neben Joshs Bett zusammenbrach.

„Was? Das kann nicht sein." Mein Dad war außer sich. „Er ist erst siebzehn… Ich habe von so etwas schon mal gehört, aber ist das nicht selten?"

Der Arzt verzog das Gesicht zu einer schmerzerfüllten

Grimasse. „Nun, das hängt alles von dem Vorfall ab, der zu dem Herzinfarkt geführt hat. Und das untersuchen wir momentan. Die meisten dieser Ursachen können nach einem Infarkt zwar recht einfach gefunden werden, aber Joshs war ziemlich klein – wenn man alles berücksichtigt. Das ist so eine Sache, die manche Leute erleben und dann oft wieder ihrem Alltag nachgehen, wenn auch mit schrecklichen Beschwerden. Auf eine Weise hatte Josh Glück, dass er das Bewusstsein verloren hat, aber das wirft noch andere Fragen auf."

„Also, wann werden wir etwas Konkretes wissen?", fragte meine Mom.

„Ich habe diesen Fall an einen meiner Kollegen abgegeben, der mehr Erfahrungen im Bereich der Kinderkardiologie hat. Ihr Sohn ist zwar fast ein erwachsener Mann, aber theoretisch noch immer ein Kind. Bei dem, was seinem Körper momentan Probleme bereitet, handelt es sich vermutlich um etwas, das bereits seit einer Weile nicht in Ordnung ist. Im Moment untersuchen wir den Grund des Infarkts und was wir tun können, um einen weiteren zu verhindern."

Ich hörte dem Arzt aufmerksam zu, da ich kein Wort verpassen wollte. Meine Eltern waren emotional so verwickelt in das Ganze, dass ich wusste, es könnte nützlich sein, wenn ich in dieser Situation die Ohren für sie war. Es geschah manchmal schnell, dass man hier und da ein Wort verpasste oder etwas falsch interpretierte, das die Ärzte sagten.

„Zum Beispiel", fuhr der Arzt fort, „wenn Josh ein fünfundvierzigjähriger, biersaufender Pizzawettessengewinner wäre, der aussieht, als würde er ein Fass in seinem Bauch herumschleppen, dann hätte ich eine ziemlich eindeutige Vermutung, was der Grund für seine Probleme ist. Josh ist jedoch siebzehn und das an sich macht den Fall schon bedeutend schwieriger. Er ist in jeder Hinsicht gesund, hat Football gespielt, als es passierte und ich schätze mal, dass er seit dem Spätsommer zweimal am Tag trainiert hat?"

Josh nickte und beteiligte sich endlich an der Diskussion über seine Gesundheit.

„Hast du während des Trainings jemals Schmerzen in der Brust gehabt, Josh?"

Er schüttelte den Kopf. „Ne, ich meine… nicht mehr als üblich. Also nicht in meiner Brust, sondern in meinem Magen. Aber das ist völlig normal. Wir rennen so viel, dass wir uns am Anfang der Trainingsphase übergeben. Was das angeht, bin ich wie jeder andere Kerl in meinem Team."

Der Arzt markierte etwas auf seinem Klemmbrett. „Gibt es Momente, in denen du dich ohne guten Grund atemlos fühlst?"

Josh dachte einen Augenblick darüber nach. „Nun, ich hatte Asthma, als ich klein war, und manchmal fühlt es sich so an, als würde sich das wieder bemerkbar machen."

Diese Aussage erweckte die Aufmerksamkeit des Arztes. „Okay, genau das ist die Art von Information, nach der ich in der Gesundheitsakte einer Person suche. Das ist die Art von Information, die die Leute gerne mal vergessen. Man denkt nicht mehr daran, dass er Asthma hatte, als er klein war, und dann, wenn sich mit siebzehn wieder ähnliche Symptome zeigen, denkt man einfach nur, dass ein Teil des Asthmas zurückkommt. Die Wahrheit ist jedoch – und das ist nur eine Hypothese von mir und auf keinen Fall eine Diagnose – dass es sich aufgrund der Funktionsweise und Lage deiner Bronchien anfühlen kann, als würde sich etwas zusammenziehen und Atemnot verursachen, wenn sie stark beansprucht werden und du einen Asthmaanfall oder etwas Ähnliches erleidest. Klingt das in etwa wie das, was du erlebt hast?"

Josh nickte und sah zwischen meinen Eltern hin und her.

„Also die Sache dabei ist – eine Menge Dinge können sich wie ein Asthmaanfall anfühlen. Normalerweise passiert allerdings das Gegenteil. Jemand kommt beispielsweise mit einem Engegefühl in der Brust und Atemnot hierher und denkt, dass er einen Herzinfarkt hat. In diesen Fällen ist es für gewöhnlich etwas anderes – zum Beispiel eine Panikattacke, Asthma, Costochondritis oder jedes beliebige Leiden, das an der Thoraxwand vorkommen kann. In deiner Situation glaube ich jedoch, dass wir es mit einem kardialen Vorfall oder Leiden zu tun haben, das sich als Rückkehr deiner Asthmasymptome getarnt hat."

Das war ganz schön viel zu verarbeiten und der Arzt ließ uns einige Stunden allein, sodass wir diese Informationen verdauen konnten, ehe sein Kollege auftauchte.

Bei Anbruch der Dämmerung kam der Spezialist herein und sein Tonfall war sehr viel barscher als der des anderen Arztes.

„Josh, Mr. und Mrs. Tanza, ich bin Dr. Douglas und ich werde gleich auf den Punkt kommen."

Keiner von uns hatte in dem Krankenzimmer viel Schlaf bekommen, weshalb wir den Arzt aus trüben Augen anschauten und darauf warteten, was er über Joshs Prognose und Genesungsweg zu sagen hatte.

„Ich konnte mittlerweile die Bilder, die wir von Joshs Herz gemacht haben, anschauen und ich habe sämtliche Informationen, die die Maschinen im Verlauf der Nacht gesammelt haben, ausgewertet." Er tippte auf eine der Maschinen, die über mehrere unterschiedliche Drähte mit Josh verbunden war. „Ich musste wirklich suchen, aber ich konnte die Quelle des Problems lokalisieren. Josh hat ein sehr kleines Loch in seinem Herzen."

Meine Mutter keuchte hörbar auf und klammerte sich mit aller Kraft an die Hand meines Vaters.

„Das ist normalerweise etwas, das sich im Wachstum von allein gibt. In manchen Fällen wird es jedoch zu einer Situation, die durch eine Operation korrigiert werden muss. In noch selteneren Fällen haben wir es jedoch mit Situationen zu tun, in denen diese Operation keine Option zu sein scheint, weil das Problem so lange unbemerkt bestand hatte – oder wie in diesem Fall aus anderen Gründen."

„Was meinen Sie damit – Sie können keine Operation durchführen, um das Problem zu beheben?", fragte mein Dad überrascht.

Dr. Douglas schüttelte den Kopf. „Ich fürchte nicht. Was wir in der Nähe des Lochs gefunden haben war sehr viel ernster. Joshs Herz ist stark deformiert. Eine der Kammern ist größer als sie sein sollte. Sie pumpt das Blut auf eine Art durch das Herz, die es dem Rest des Herzens sehr schwermacht, mitzuhalten. Das in Kombination mit dem Loch hat tatsächlich eine sehr ernste Lage geschaffen. Ich möchte Sie nicht in Panik versetzen, aber die Wahrheit ist, dass es sich hier um eine äußerst schwerwiegende Situation handelt. Sie müssen jetzt davon erfahren, damit sie bereit sind, die Entscheidungen zu treffen, die in den kommenden Tagen anfallen werden."

Ich saß schockiert da, nicht ganz sicher, was der Arzt uns als Nächstes erzählen würde. Für mich hörte es sich so an, als gäbe es nichts, das er tun könnte, um meinem Bruder zu helfen, und dieser Gedanke reichte, um mich völlig aus der Bahn zu werfen.

„Was ich sagen will ist… es ist ein Wunder, dass Josh heute hier ist. Um ehrlich zu sein, sollte er das nicht. Das ist eine Erkrankung, die bei einem Kleinkind auftritt oder auch nicht und das bereits am nächsten Tag tot sein könnte. Es ist wirklich erstaunlich, dass bisher noch nichts passiert ist. Aber jetzt sind wir hier und Sie müssen sich über einige Dinge klarwerden. Josh ist jung, weshalb er auf der Liste nach oben rücken wird, und er ist gesund, was sich ebenfalls zu seinen Gunsten auswirkt."

„Warten Sie, was? Reden Sie hier von einem Transplantat?", platzte es aus Josh heraus.

Dr. Douglas nickte. „Ich fürchte, das ist unsere einzige Option, Josh. Es besteht eventuell die Möglichkeit, das Loch in deinem Herzen zu reparieren, aber in Anbetracht der starken Deformierung ist es eher unwahrscheinlich, dass die Operation einen großen Unterschied machen würde. Wenn du eine Chance auf ein Leben bis in ein hohes Alter möchtest, dann werden wir dir ein neues Herz besorgen müssen."

Es war dieser Moment, in dem ich dachte, dass ich ohnmächtig werden würde. Ich holte tief Luft, während die Neuigkeiten langsam zu all meinen Familienmitgliedern durchsickerten und ich betete stumm, dass sich alles regeln würde, irgendwie.

* * *

Es dauerte eine Woche, bis wir von der Versicherung hörten. Wir kannten jetzt die Kosten, die auf uns zukamen, und das erste, das Suzy für mich tat, war einen Spendenaufruf zu starten, damit wir die Arztrechnungen für Joshs neues Herz bezahlen konnten.

Die Summe zu hören, für die wir aufkommen würden müssen, nachdem die Versicherung ihren Teil abgedeckt hatte, war schrecklich entmutigend und ich wusste nicht, wie wir das jemals schaffen sollten. Das waren Schulden, an denen meine Eltern den Rest ihres Lebens zu knabbern hätten. Jede Hoffnung, wie alle anderen in Rente gehen zu können, wurde zerschlagen, weil sie jeden einzelnen Cent, den sie besaßen, darauf verwenden würden, ihrem Kind die medizinische Versorgung zukommen zu lassen, die es zum Überleben brauchte, wie es alle Eltern tun würden.

Ich verfluchte den Zustand des amerikanischen Gesundheitssystems und vergrub im Umkleideraum des Club V das Gesicht in den Händen. Ich hatte gerade Pause und ein Telefongespräch mit meiner Mom beendet, die sich auf den Moment vorbereitete, in dem sie den Anruf erhalten würden, dass Josh ein Transplantat erhielt. Das war etwas, das ihr Kummer bereitete: der Gedanke, dass jemand anderes sterben musste, um Josh eine Chance auf ein Leben zu geben. Sie fand sich jedoch allmählich damit ab und hatte akzeptiert, dass sich aus all dem irgendwie irgendetwas Gutes ergeben würde.

„Hey", sagte Suzy, als sie hinter mich trat und mir über den Rücken rieb. „Wie geht's dir?"

Ich seufzte und zuckte mit den Achseln. „Es ginge mir sehr viel besser, wenn sich meine Lottogewinne dazu entscheiden würden, sich endlich zu zeigen. Du weißt schon, die Lottogewinne der Lotterie, an der ich mich nicht erinnern kann, teilgenommen zu haben."

„Ah ja, diese. Yeah, auf die warte ich auch." Sie sah zu mir, Mitleid deutlich in ihren Augen. „Ich wünschte, es gäbe etwas, das ich tun könnte, um dir zu helfen, Samara."

„Suzy, du hast schon so viel getan und uns mit dem Spendenaufruf geholfen. Wirklich, ich kann dir gar nicht genug dafür danken." Ich holte tief Luft. „Es ist nur so, dass es nie reichen wird. Ich habe beschlossen, meinen Eltern alles, was ich gespart habe, für Joshs Operation zu geben."

„Im Ernst?" Sie sah schockiert über dieses Geständnis aus.

Ich nickte. „Ich habe nicht annähernd genug, aber selbst die kleinste Summe hilft. Zwanzigtausend sind alles, das ich gespart habe, was, wenn man darüber nachdenkt, eine Menge ist, das weiß ich. Aber in diesem Fall ist es kaum mehr als ein Tropfen auf den heißen Stein. Ich habe einfach keinen blassen Schimmer, wie wir 150.000$ zusammenbekommen sollen. Ich muss einen Weg finden, dieses Geld zu verdienen und zwar schnell. Ehrlich, ich werde alles tun, um die Summe zusammenzukratzen, die sie brauchen, aber ich habe einfach keine Idee, wie ich das schaffen soll. Ich denke, dass es vielleicht unmöglich ist."

Da betrachtete mich Suzy leicht verlegen, als würde sie etwas vor mir geheim halten. Wir kannten uns schon viel zu lange, als dass sie jetzt anfing, Geheimnisse vor mir zu haben.

„Was?", fragte ich. „Ich kenne diesen Gesichtsausdruck. Du kannst nichts vor mir verbergen. Spuck es aus, jetzt."

Suzy biss auf ihre Lippe. „Okay, ich werde es dir verraten, aber ich möchte, dass du mir versprichst, dass du mich nicht hassen oder wütend auf mich werden wirst. Okay?"

Ich streckte meine Hand aus und nahm ihre sanft in meine. „Suzy, niemals. Du bist meine beste Freundin. Was ist los?"

„Ich habe darüber nachgedacht, wie du schnell Geld verdienen könntest und ehrlich, Samara, wenn ich es selbst tun könnte, dann würde ich das, aber leider ist dieser Zug schon vor langer Zeit abgefahren."

Ich bedachte sie mit einem fragenden Blick. „Wovon redest du?"

Sie räusperte sich und wappnete sich, etwas zu sagen, das in Worte zu fassen ihr sichtlich schwerfiel.

„Ich rede von ‚Dem Raum'. Dem, in dem du das in New York gesehen hast."

Der Raum reichte, sie musste es nicht weiter ausführen. Ich holte nochmal tief Luft.

„Ich würde lügen, würde ich behaupten, dass es mir nicht schon durch den Kopf gegangen ist", gestand ich in gedämpftem Tonfall.

Suzy drückte meine Hand. „Hör zu, Samara – es gibt nichts, wegen dem du dich schämen müsstest. Ehrlich, ich habe noch nie von einem ehrbareren Grund gehört, so etwas zu tun. Es würde deiner Familie helfen und auch wenn ich keinesfalls denke, dass du dich unter Druck gesetzt fühlen solltest, ihnen finanziell unter die Arme zu greifen, wenn das etwas ist, das du tun möchtest… dann ist das Zimmer eine Option."

Ich nickte und starrte auf meine Hände. Seit dem Moment, in dem ich das erste Mal die Summe gehört hatte, die meine Eltern für die Transplantationsoperation meines Bruders würden bezahlen müssen, war der Gedanke an die Auktionsbühne im Club V NYC wie ein Gespenst in meinem Hinterkopf herumgeschwebt. So groß meine Abneigung gegen die Vorstellung auch gewesen war, als ich es zum ersten Mal live und in Farbe gesehen hatte, gab es jetzt, da es um das Leben meines Bruders ging, eine Menge Dinge, die ich tun würde, um dafür zu sorgen, dass er die Pflege erhielt, die er brauchte.

„Yeah, ehrlich gesagt, bin ich froh, dass du es angesprochen hast. Ich habe wirklich darüber nachgedacht und irgendwie das Universum um ein Zeichen gebeten. Ich weiß, du willst das vermutlich nicht für mich sein", sagte ich mit einem beruhigenden Lächeln, „aber ich denke, ich werde so tun, als wärst du eines."

„Samara, ernsthaft, du musst es nicht tun. Aber ich möchte, dass du weißt, dass du meine volle Unterstützung hast, falls das der Weg ist, den du einschlagen möchtest. Es gibt nichts, dessen du dich schämen müsstest. Es ist dein Körper und du kannst damit tun, was du möchtest. Und weißt du was? Ich wette, da du bereits eine Angestellte bist, werden sie… wie heißt das nochmal? Dich keiner

‚extremen Überprüfung' unterziehen." Sie konnte sich ein Kichern nicht verkneifen. „Aber im Ernst, Stew liebt dich abgöttisch und würde niemals zulassen, dass du in eine schlimme Situation gerätst. Er versteht sich gut mit den Leuten in New York. Lass ihn ein paar Anrufe tätigen und das Ganze für dich in die Wege leiten, wenn du es wirklich tun möchtest. Ich wette, sie können sicherstellen, dass jemand wirklich Nettes für dich dort ist. Sie werden dich nicht an irgendeinen kranken Dreckskerl oder jemanden verhökern, der auf richtig hartes BDSM steht."

Die Idee schlug jetzt wirklich Wurzeln in meinem Gehirn und ich fragte mich, bei was für einem Kerl ich am Ende wohl landen würde. Es bestünde keine Möglichkeit, das vorher zu wissen, nicht einmal, aus wem die Gruppe Leute bestehen würde, die an diesem Abend für die Versteigerung anwesend wäre. Und das auch nur, wenn ich überhaupt die Anforderungen für die Auktionsbühne erfüllte.

„Was, wenn sie… mich nicht wollen?", fragte ich schüchtern. Ich wusste nicht, was mich in diesem Moment überkam, aber etwas daran ließ mich sehr verletzlich fühlen.

Suzy hielt meine Hände fest und zog mich hoch auf meine Füße. Dann drehte sie mich um, sodass ich einem der Ganzkörperspiegel gegenüberstand.

„Sieh dich an", sagte sie sanft. Und das tat ich, zum ersten Mal seit einer ganzen Weile betrachtete ich mich selbst länger im Spiegel. Meine Augen waren ein wenig geschwollen von dem vielen Weinen der vergangenen Wochen, aber alles in allem sah mein Gesicht noch immer so hübsch, jung und frisch aus wie eh und je.

„Darf ich?", fragte sie und schon lagen die Hände meiner besten Freundin auf meinem Körper und sie fuhr mit ihren langen Fingern meine Kurven hinab, während sie mir ins Ohr flüsterte. „Du hast eine fantastische Figur und jeder Mann wäre glücklich, mit dir zusammen sein zu dürfen. Ich denke, es ist wichtig, dass Frauen ihren Freundinnen solche Dinge sagen. Du wirst dort hochgehen und sie umhauen, Samara. Merk dir meine Worte."

* * *

Suzy Ging für mich zu Stew und führte das erste Gespräch mit ihm, bei dem sie ihm alles erklärte. Zuerst hatte er nicht einmal darüber reden wollen und so getan, als wäre die Auktionsbühne ein Mythos oder bloßes Gerücht. Doch als sie, wie sie mir später erzählte, Druck auf ihn ausübte und ihm von meinem Erlebnis in der New Yorker Filiale berichtete, lenkte er schließlich ein. Dennoch wollte er mich nicht gehen lassen.

Ich traf mich mit ihm, um die Sachlage mit ihm zu besprechen und jegliche Ängste aus dem Weg zu räumen, die er darüber hatte, mich diese Entscheidung selbst treffen zu lassen.

„Ich will ehrlich zu dir sein, Stew. Ich rede hier nicht davon, im Hauptbereich zu arbeiten. Das kommt für mich nicht in Frage."

„Da liegst du verdammt richtig, das kommt es nicht." Er wirkte beleidigt, dass ich überhaupt darüber nachgedacht hatte. Obwohl das Management im Club V absolut nichts dagegen hatte, wenn wir beruflich aufsteigen wollten, so hatte Stew einen ausgeprägten Beschützerinstinkt, wenn es um sein Barpersonal ging, und es hatte den Anschein, als würde er mich fast als seine Tochter betrachten.

„Samara, ich muss einfach wissen, dass es etwas ist, das du wirklich machen willst. Ich verstehe, dass es ein sensibles Thema ist und du dich vermutlich nicht wohl damit fühlst, es mit mir zu bereden."

Ich saß gegenüber von Stew an seinem Schreibtisch. Ich besuchte sein Zimmer nicht oft, aber es war offenkundig, dass der Kerl hinter dem Tisch einer der Guten war. Ein Familienmensch, der auf seine Leute aufpasste und nur das Beste für mich wollte.

„Stew, ich versichere dir, dass ich diese Entscheidung selbst getroffen habe. Meine Familie braucht meine Hilfe jetzt mehr denn je und wenn ich das für sie tun kann, dann würde ich mich wie eine Idiotin fühlen, würde ich diese Gelegenheit sausen lassen. Ich habe nicht mehr das Gefühl, als würde ich noch an irgendetwas festhalten. Es wäre einfach nur eine Transaktion. Und ich schätze, der Club würde in diesem Fall als Vermittler fungieren?"

Mein Boss nickte und seufzte. „Aber lass uns eines klarstellen – ich werde den besten Preis für dich rausschlagen, den ich bekommen kann. Sie sind fair, schätze ich, versteh mich nicht falsch. Ich würde niemals den Namen des Club V in den Dreck ziehen. Ich möchte nur nicht, dass du am Ende einen Deal erhältst, der nicht gut ist. Und du wirst auch nicht mit einem dieser kranken Mistkerle nach Hause gehen. Nein, ich werde persönlich dafür sorgen, dass wer auch immer die Möglichkeit erhält, auf dich zu bieten, erstklassig sein wird… Männer, die man auch heiraten würde. Samara, meinst du, ich könnte dich nicht einfach an jemanden vermitteln und ihr könntet heiraten?"

Ich lachte über ihn. Er hatte eindeutig noch immer große Vorbehalte gegen die Vorstellung, dass ich meine Jungfräulichkeit verkaufte.

„Stew, auch wenn das ein sehr großzügiges Angebot ist, fürchte ich, dass ich wegen dem Geld hier bin, nicht wegen einem Ehemann oder der wahren Liebe. Sorg einfach dafür, dass er anständig ist und dann schätze ich, werde ich ab da übernehmen."

Mein Boss nickte und atmete lange und geräuschvoll aus. „In Ordnung. Wenn du entschlossen bist, es zu tun, dann gibt es, nehme ich mal an, keine Möglichkeit mehr, es dir auszureden. Ich werde einen Anruf machen und den Ball ins Rollen bringen. Du solltest noch vor Ende der Woche von mir hören."

* * *

Es dauerte nicht so lange, bis ich eine Antwort vom New Yorker Club erhielt. Es war ein schnelles und definitives JA. Stew erzählte mir, dass ich mit einem Anruf von Elle rechnen sollte und wie vorausgesagt erfolgte er auch schon am nächsten Tag.

„Samara? Hi, hier ist Elle. Ich bin die Personalchefin… wir haben uns damals kennengelernt, als du die eine Nacht hier gearbeitet hast."

„Richtig, natürlich. Danke für deinen Anruf, Elle." Ich hörte ein leichtes Zittern in meiner Stimme und versuchte, jegliche Nervosität, die ich empfand, zu unterdrücken.

„Wir freuen uns sehr, dass du beschlossen hast, in dieser Kapazität für den Club zu arbeiten. Allerdings muss ich dich aufgrund der sensiblen Natur dieses Geschäfts bitten, zum New Yorker Club zu kommen, damit wir das Ganze persönlich besprechen und alles in die Wege leiten können. Wie klingt morgen Nachmittag für dich?"

„Super, ich kann da sein, wann immer du mich brauchst."

Wir vereinbarten einen Termin um vierzehn Uhr am folgenden Nachmittag und ich fuhr auf dem gleichen Weg wie vor sechs Monaten in die Stadt. Dieses Mal verspürte ich weniger Beklemmungen als beim letzten Mal, was merkwürdig war, wenn man bedachte, was ich im Club besprechen würde. Eine Menge Gedanken wirbelten durch meinen Kopf und meine einzige Hoffnung für den Tag war, dass ich Neil Vance nicht begegnen würde.

Ich wurde durch die Tür gelassen und Elle begrüßte mich dort, ehe sie mich zu ihrem Büro führte. Es war ein heller, offener Raum, so völlig anders als der Rest des Etablissements, und ich fühlte mich sofort beruhigt und zu Hause in ihrer Gegenwart. Sie war dieses Mal in ein enges schwarzes Kleid gehüllt, immer noch professionell, aber so verführerisch, dass sie perfekt in den Club V passte.

Elle nahm hinter ihrem Schreibtisch Platz und forderte mich dazu auf, es mir ihr gegenüber bequem zu machen. Sie schenkte mir ein aufrichtiges, strahlendes Lächeln beim Sprechen.

„Ehrlich, Samara, ich bin so froh, dass du mit dieser Sache zu uns gekommen bist. Ich weiß, es kann ein sehr sensibles Gesprächsthema sein und ich verstehe, wenn du dich deswegen etwas komisch fühlst, aber ich möchte, dass du weißt, dass du mir vertrauen kannst und alles mit größter Diskretion gehandhabt wird."

Ich nickte. „Mir wurde versichert, dass das hier der Ort ist, an den man gehen sollte, wenn man vorhat… diese Art von Gütern zu verkaufen."

Sie lachte gut gelaunt. „Du bist witzig. Das ist gut. Es ist wirklich wichtig, einen Sinn für Humor zu haben, wenn man das hier angeht. Ich denke, es hilft einem dabei, alles ein bisschen leichter zu nehmen. Um aber aufs Geschäftliche zu sprechen zu kommen – du bist Jungfrau, korrekt?"

„Ja. Ich hatte den Eindruck, dass dies eine Voraussetzung sei."

„Oh, das ist es für dieses Prozedere. Allerdings wollte ich dir nur mitteilen, dass ich dir die medizinische Bestätigung ersparen werde. Du bist eine Angestellte und arbeitest bereits eine Weile für uns und mir wurde versichert, dass du vertrauenswürdig bist. An dieser Stelle käme normalerweise der Teil, an dem ich dich bezüglich deiner Interessen befragen würde und womit du einverstanden bist und womit nicht und all das – allerdings haben wir hier eine Art einzigartige Situation."

Ich war neugierig, was sie damit wohl meinte. „Oh?"

„Nun ja, sie ist nicht völlig einzigartig. Weißt du, manchmal haben wir Männer, die sich sofort für eine Frau melden. Diese Frau kommt erst gar nicht auf die Auktionsbühne. Es passiert nicht gerade häufig, da wir unser Geschäft eigentlich nicht auf diese Weise führen möchten. Es ist besser, sie in den Club zu bringen, verstehst du. Wir sind nicht einfach irgendein Jungfrauen-Verkupplungs-Dienst." Sie lachte. „Es geht hier auch um das Club V Erlebnis. Wir möchten, dass jeder eine tolle Zeit hat und wir möchten auch einen Teil des Mysteriösen bewahren, das wir uns aufbauen konnten. Die Auktionen im Haus abzuhalten sowie darauf zu bestehen, dass unsere Bieter persönlich kommen und an dem Event teilnehmen ist eine Möglichkeit, das zu erreichen."

Das ergab für mich alles Sinn, aber ich verstand noch immer nicht, was sie damit meinte, wenn sie sagte, dass es eine einzigartige Situation wäre.

„Was ich sagen will, ist, dass du die Auktionsbühne nicht betreten wirst."

„Was?" Ich riss verblüfft die Augen auf. Hatte sie mir nicht gerade erzählt, dass sie begeistert wären, mich aus genau diesem Grund hier zu haben?

„Oh, du wirst immer noch vermittelt werden und deine Bezahlung erhalten", sagte sie, als könnte sie meinen inneren Monolog hören. „Du wirst nur nicht auf der Auktion auftreten. Betrachte es auf diese Weise, es sind weniger Leute, die dich nackt zu sehen bekommen. Ich persönlich bin davon überzeugt, dass einige dieser

Männer nur wegen der Show kommen. Wir schmeißen Spanner allerdings nach ein paar Malen raus. Nein, du wurdest bereits vermittelt. Jemand hat dein Foto auf der Liste der Frauen gesehen, die bald zu ersteigern sind, und hat verlangt, dass du sofort von der Liste genommen und für ihn reserviert wirst."

Ich schluckte schwer. Das war alles sehr schnell gegangen und jetzt wurde ich mit der Tatsache konfrontiert, dass alles sehr real war und schon bald passieren würde.

„Wow, ich schätze, ich fühle mich geschmeichelt." Ich wusste nicht, was ich sonst dazu sagen sollte.

„Ja, nun, wie ich sagte, ist es ziemlich selten, aber manchmal machen wir für wirklich gute Kunden eine Ausnahme. Ich habe ihm sogar von der spezifischen Situation, mit der wir es hier zu tun haben, erzählt – mir tut es übrigens sehr leid, was dein Bruder durchmachen muss. Aber ich habe ihm auch mitgeteilt, dass wir einen indiskutablen Mindestpreis haben. Diese Person hat ein Gegenangebot abgegeben."

„Was für ein Gegenangebot?"

Sie schob einen Stapel Papiere über den Tisch zu mir. „Wie du weißt, kann die Länge unserer Verträge variieren. Bei manchen unserer Individuen, die versteigert werden, dauern sie bis zu einem Jahr."

Ich schluckte. „Jemand könnte mich für ein Jahr kaufen?"

Sie schüttelte den Kopf. „Das könnte jemand, aber das hat er nicht. Keine Sorge. Das ist normalerweise nur Mitgliedern von Königsfamilien aus bestimmten Ländern vorbehalten, die mehrere tausend Meilen entfernt liegen. Du wirst nicht nach Übersee geschickt."

„Gott sei Dank", sagte ich und atmete erleichtert aus, während ich die Dokumente durchsah.

„Diese Person hat einige Bedingungen und die werde

ich dir jetzt erklären, damit du nicht die ganzen fünfzig Seiten hier lesen musst. Die sind nur dazu da, zu bestätigen, dass du allem zustimmst und es sich um einen bindenden Vertrag zwischen dir und dem Käufer handelt und Club V nur als Mittelsmann zwischen zwei einvernehmlichen erwachsenen Parteien fungiert, die legale Aktivitäten durchführen."

Ich nickte, während ich das alles verarbeitete. Es war eine Menge für einen Nachmittag.

„Die Bedingungen, die diese Person angeboten hat, sind sehr einfach. Du wirst eine Woche lang zu ihrer Verfügung stehen. Wenn du zustimmst, dann beginnt der Vertrag diesen Samstag um neunzehn Uhr abends. Sein Gegenangebot lautete, ich zitiere, ‚Die Arztrechnungen ihres Bruders in ihrer Gesamtheit zu übernehmen.'"

Ich ließ den Stift fallen, den ich in der Hand gehalten hatte, während ich die Dokumente überflogen hatte, und schaute zu Elle mit einer Miene absoluten und völligen Schocks hoch.

„Ich weiß", sagte sie mit einem sanften Lächeln. „Es ist ein sehr großzügiges Angebot. Das schließt alle Rechnungen für die Transplantationsoperation deines Bruders und was auch immer bei seiner Genesung passiert mit ein. Ich konnte es selbst nicht glauben, aber es handelt sich hier um einen sehr besonderen Klienten und er schien wirklich sehr erpicht zu sein, wann immer er einen Blick auf dich werfen konnte."

„Ich weiß wirklich nicht, was ich sagen soll, Elle." Ich wusste nicht, was ich sagen sollte, aber ich wusste, was ich dachte. Jetzt gab es kein Zurück mehr. Ganz egal, wie der Rest der Bedingungen lautete, ich würde das Angebot dieses Mannes annehmen, denn ich könnte unter keinen Umständen einen besseren Deal als diesen erhalten. Wenn es darum ging, meiner Familie zu helfen, dann war dies die ultimative – die ideale – Situation, in der ich mich wiederfinden konnte. Nur ein Narr würde ein solches Angebot ablehnen.

„Da gibt es nur noch eine Sache, die du wissen musst, ehe wir uns dem langweiligen rechtlichen Teil widmen. Die einzige Einschränkung der Person war, dass du nicht erfahren darfst, um wen es sich handelt, bis du an dem Ort ankommst, wo du die Woche verbringen wirst. Aber sei beruhigt, diese Person wurde gründlich überprüft und du wirst in guten Händen sein. Völlig sicher." Sie lächelte erneut, ein eindeutiger Versuch, dafür zu sorgen, dass ich mich wohlfühlte. „Also, du wirst am Samstagabend abgeholt und zu dem Ort gebracht werden, an dem du deine Woche mit diesem Individuum verbringen wirst. Du wirst dich dort mit ihm treffen und dann… wird sich alles ergeben. Das Ganze ist in dem Papierkram detaillierter ausgeführt, aber ich werde es dir in einfachen Worten erklären." Elle räusperte sich. „Es wird von niemandem erwartet, sich zu irgendetwas überreden zu lassen oder an einem Akt teilzunehmen, mit dem man sich nicht wohlfühlt. Dir muss allerdings klar sein, dass du zustimmst, im Verlauf der Woche mindestens einmal richtigen Geschlechtsverkehr mit diesem Individuum zu haben. Das ist alles, was rein rechtlich gesehen von dir verlangt wird, wenn du dieses Dokument unterschreibst. Ich würde mal sagen, dass normalerweise etwas mehr als das erwartet wird, da du für eine Woche gekauft wurdest, aber das müssen du und dein Käufer miteinander besprechen. Weiterhin stimmst du in diesem Dokument zu, jeglichen Gewinn aufzugeben und auch keine Bezahlung durch Club V zu erwarten, wenn es dir nicht gelingt, diesen einen Akt zu vollziehen. Verstehst du das?"

Ich verstand es sehr gut, aber etwas passte mir nicht ganz. „Was, wenn die Person lügen würde, um sich vor der Bezahlung zu drücken?"

Sie nickte und grinste. „Unsere Klienten werden

gründlich durchleuchtet. Ich kann nicht behaupten, dass uns so etwas noch nie passiert ist, aber glaub mir, dass uns Ärzte zur Verfügung stehen, die eine Untersuchung durchführen werden, falls es nötig ist. Denk einfach daran, uns Bescheid zu geben, wenn du das Gefühl hast, es könnte ein Problem geben."

Ich blätterte die Seiten durch und hörte zu, während Elle weitersprach. Alles erweckte den Eindruck, als wäre es wirklich gut organisiert und ich hatte Vertrauen darauf, dass ich nicht völlig blind in diese Sache rannte. Club V hatte einen Ruf zu wahren und sie schätzten die Frauen, die sich zur Versteigerung anboten, weil viele von ihnen als Clubmitglieder mit ihren Käufern oder anderen Leuten aus dem Club zurückkehrten.

„Ich denke, du wirst herausfinden, und es vielleicht bereits durch deine Arbeit bei uns wissen, dass wir hier eine Familie sind und wir kümmern uns um unsere Leute. Vertrau mir, Samara. Man wird gut auf dich achten. Und ich hoffe, dass wir dich auch in den nächsten Jahren weiterhin im Club V NYC sehen werden."

Damit besprachen wir die rechtlichen Dokumente und sie erklärte mir alles sehr verständlich. Irgendetwas brachte mich auf den Gedanken, dass es vermutlich eine gute Idee gewesen wäre, einen Anwalt für die Unterzeichnung eines solchen Vertrags, wie er vor mir lag, mitzubringen, aber ich hatte weder die Zeit noch die finanziellen Mittel für diese Art von Unsinn. Nein, stattdessen unterzeichnete ich den Verlust meiner Jungfräulichkeit und nach Sonntagmorgen wäre diese Geschichte und ich hätte eine Woche… wer wusste schon was genau vor mir – vielleicht ein intensives sexuelles Erwachen. Ich unterschrieb auf der letzten Seite mit meinem Namen und damit war es erledigt.

KAPITEL 7

„*E*ine ganze Woche mit diesem Kerl? Samara, was wenn er zum Beispiel Slender Man oder so was ist?", fragte Suzy, während sie mich bequem auf ihrem Bett lümmelnd beobachtete.

Ich schob sie mit dem Ellbogen aus dem Weg, da ich dabei war, meine Tasche zu packen. Ich hatte keine Ahnung, was ich für die Woche brauchen würde, weshalb ich eine Auswahl an Dingen einpackte, von denen ich glaubte, dass sie mich durch die Tage bringen würden, die ich mit dieser Person verbringen würde, wo auch immer sie lebte. Nach den wenigen Informationen zu schließen, die mir Elle gegeben hatte, schien die Person zumindest so nahe zu wohnen, dass sie mit dem Wagen erreicht werden konnte. Doch darüber hinaus hatte ich keinen blassen Schimmer.

„Igitt. Vielen Dank auch, Suzy. Jetzt werde ich heute Nacht nicht schlafen können. Außerdem habe ich das Gefühl, dass es sich um einen Stadtmenschen handelt und ich glaube nicht, dass die Stadt der natürliche Lebensraum des Slender Man ist. Und lass uns nicht vergessen, dass du diejenige warst, die das hier vorgeschlagen hat."

Sie bedachte mich mit einem finsteren Blick. „Hey, jetzt aber. Du bist eine erwachsene Frau, die sich ganz allein dazu entschlossen hat, das zu tun. Du hast einen freien Willen!"

„Ich weiß, ich weiß. Ich mach nur Witze. Du weißt, dass ich das selbst entschieden habe. Und ehrlich gesagt, freue ich mich sogar irgendwie darauf."

„Hast du keine Angst oder so?" Ihre Stimme war leiser, als sie die Frage stellte.

Ich holte tief Luft, während ich hinab auf die Kleider in meiner Tasche starrte. „Ich würde lügen, würde ich behaupten, dass ich nicht ein bisschen Angst hätte. Das ist alles neu für mich und ich fühle mich irgendwie komisch, weil ich neunzehn und noch immer Jungfrau bin. Es ist wie etwas, das ein Teil von mir ist, aber auch keine ganz so große Sache? Ich weiß nicht, es ist merkwürdig. Es ist als wäre es nur etwas, das die Gesellschaft so wichtig erscheinen lässt, wenn es doch in Realität nur dieser kleine Punkt auf dem Radar ist im Vergleich zu einem ganzen Leben. Niemand spricht darüber als wäre es ein einschneidendes Erlebnis, wenn Kerle ihre Jungfräulichkeit verlieren. Aber hier bin ich und verkaufe meine buchstäblich an den Höchstbietenden."

„Gerechterweise muss man aber dazu sagen, dass wir nicht wissen, was du auf dieser Auktionsbühne eingebracht hättest", sagte sie lachend.

„Ich denke nicht, dass es so viel gewesen wäre, wie mir jetzt zugesagt wurde. Wer hätte gedacht, dass ich jemanden finden würde, der gewillt ist, sämtliche Kosten für das Transplantat meines Bruders zu übernehmen. Jetzt können wir nur noch warten und beten, dass bald ein Herz für ihn verfügbar ist."

„Und natürlich musst du auch deinen Teil der

Vereinbarung einhalten", erinnerte mich Suzy liebenswürdig.

„Als ob ich jetzt einen Rückzug machen würde."

In dem Moment klingelte es und Suzy ging an die Tür, während ich weiterpackte und mich auf die kommende Woche vorbereitete. Ich würde am folgenden Abend von einem Auto abgeholt und zu einem Ziel gefahren werden, über das ich nichts wusste. Ich machte mir keine allzu großen Sorgen über diesen Aspekt und Suzy hatte sogar angeboten, in ihr Auto zu steigen und uns zu folgen, nur damit sie eine ungefähre Vorstellung davon hatte, wohin ich gebracht wurde. Ich hatte dieses Angebot abgelehnt, weil ich die Privatsphäre des Clubmitgliedes nicht verletzen wollte.

Mir war auch schon der Gedanke gekommen, dass ich diese Person vielleicht kannte. Entweder aus dem Club oder von woanders. Der Grund, warum mich derjenige ausgewählt hatte, könnte sehr gut der sein, dass ihm mein Gesicht bekannt gewesen war. Das war ein merkwürdiger Gedanke, dass die Person, der ich bald meine Jungfräulichkeit schenken würde, durchaus jemand sein könnte, dem ich täglich in meinem Leben begegnete. Allermindestens wusste ich, dass es sich um ein Clubmitglied handeln musste. Die einzige Frage, die blieb, war, ob es ein Stammkunde meines Standortes oder einem der anderen war. Ich würde es bald herausfinden und all meine Fragen würden beantwortet werden.

Suzy tauchte in der Schlafzimmertür auf, einen großen Manila-Umschlag in der Hand. „Der ist für dich. Ist per Kurier gekommen."

„Wie seltsam", sagte ich, während ich den Umschlag entgegennahm und das Packen für einen Moment pausierte, um nachzuschauen, was geliefert worden war. Es gab keinen Absender und in dem Umschlag war irgendetwas Unförmiges. Ich öffnete ihn vorsichtig und zog den Inhalt heraus. Im Inneren fand sich ein eingewickeltes Päckchen sowie ein Brief auf edlem Briefpapier, der verdächtigerweise weder einen Briefkopf noch eine Unterschrift aufwies.

„Was ist es?", wollte Suzy wissen.

Ich überflog den Brief und schaute mit großen Augen zu Suzy hoch, als ich fertig war. Ich las ihn ihr laut vor.

Liebe Samara,

Ich freue mich darauf, dich morgen zu treffen. Ich dachte, dass du vielleicht gerade deine Sachen für die Woche einpackst, weshalb ich dir ein paar Gegenstände schicken wollte, die dir von Nutzen sein werden, während du bei mir bist.

Die roten Gegenstände wirst du an dem ersten Abend, den du mit mir verbringst, anziehen. Trage sie unter dem Kleid, das ich dir mitschicke. Das Kleid wird später gesondert geliefert werden. Ziehe diese Gegenstände an, um dich auf unser erstes Treffen vorzubereiten.

Und falls du dich fragst, was du einpacken sollst – lass alles zu Hause. Das ist keine Bitte, sondern ein Befehl. Kein Makeup, keine Hygieneartikel – nichts. Du wirst in meinem Zuhause alles Notwendige vorfinden.

Es ist mir eine Freude, die nächste Woche das Vergnügen deiner Gesellschaft zu haben. Ich hoffe, du freust dich genauso sehr darauf wie ich.

Der Brief war nicht unterschrieben worden.

„Mannomann, er ist ein bisschen fordernd, was? Was genau möchte er denn, dass du trägst?"

Ich widmete dem Päckchen meine Aufmerksamkeit und öffnete es. In dünnes Seidenpapier gewickelt lagen dort rote Dessous – ein kaum vorhandenes, zueinander passendes Set aus BH und Höschen.

„Der wird mir besonders viel Halt geben", sagte ich und hielt den hauchdünnen BH vor meine Brüste.

Suzy schüttelte den Kopf. „Yeah, ich denke nicht, dass ihn das interessiert. Also, das wirst du unter dem Kleid tragen. Fragst du dich, wie das wohl aussehen wird? Was hast du da sonst noch?"

In dem Päckchen lag noch eine kleine weiße Schachtel, die aussah wie etwas, in dem ein Armband oder Halskette verpackt sein könnte. Ich hob langsam den Deckel an und betrachtete den Inhalt.

„Heilige Scheiße", sagte Suzy, die meinem Blick gefolgt war und in die Schachtel geschaut hatte. „Das ist ein Hundehalsband."

Es war nicht einfach irgendein Hundehalsband. Das Ding war mit Diamanten besetzt und ein kleines Metallplättchen hing daran, in dem mein Name eingraviert war.

„Hast du mit einem Hundehalsband gerechnet?", fragte sie, wobei sie eine Augenbraue hochzog.

„Sehe ich etwa aus, als hätte ich mit einem gerechnet?" Ich zog den Gegenstand aus der Schachtel und untersuchte ihn genauer.

„Ich meine, das ist ein Hammerschmuckstück. Ich bin mir ziemlich sicher, dass das echte Diamanten sind. Glaubst du, er erwartet, dass du mit diesem Teil um den Hals bei seinem Haus auftauchst?"

Ich schüttelte den Kopf. „Mir ist egal, ob er es erwartet oder nicht. Das stand nicht im Vertrag und er hat es nicht im Brief erwähnt. Also werde ich es einfach einpacken und hoffen, dass er es vergisst."

Suzy schnitt eine Grimasse. „Ich denke, du wirst ein Hundehalsband tragen, noch bevor die Woche vorbei ist."

* * *

DER NÄCHSTE NACHMITTAG bog um die Ecke und ich machte mich für meinen ersten Abend bereit. Jetzt spürte ich die Schmetterlinge und konnte es nicht leugnen. Suzy war bereits bei der Arbeit, was bedeutete, dass ich allein sein würde, wenn der Fahrer kam.

Das Kleid war wie versprochen am vorangegangenen Nachmittag geliefert worden und Suzy und ich hatten das Päckchen geöffnet. Unterdessen hatten wir uns dauernd gefragt, ob es etwas so Ungeheuerliches wie das Hundehalsband sein würde. Das war es nicht, aber wir sahen beide, dass es ein Designerkleid war. Etwas, das in einer Boutique für an die fünftausend Dollar verkauft werden würde. Es war enganliegend und weiß, ärmellos und auf beiden Seiten waren große Stücke ausgeschnitten worden.

Ich zog mich an und war zufrieden damit, wie das Kleid an mir aussah. Irgendwie hatte der Typ meine Größe perfekt erraten und ich war beeindruckt von dieser besonderen Fähigkeit. Wie er sich in anderen Bereichen schlug, blieb jedoch noch abzuwarten.

Meinen Anweisungen folgenden packte ich nur eine kleine Handtasche mit ein paar ausgewählten Dingen, unter denen sich das Halsband befand. Ich war nicht völlig abgeneigt, es zu tragen, aber ich war mir etwas unsicher bezüglich der Aktivitäten, die oft mit so einem Gegenstand einhergingen. Ich war Jungfrau, aber ich war nicht komplett unerfahren, wenn es um Männer ging. Ich hatte schon sehr viel rumgemacht, Handjobs sowie Blowjobs gegeben und da war sogar ein Typ gewesen, der so richtig auf Spankings gestanden hatte – für mich und sich selbst. Ich glaubte nicht, dass das mein Ding war, aber das könnte auch daran liegen, dass er einfach wirklich schlecht darin gewesen war. Vielleicht würde dieser Mann ja anders sein. Teufel noch eins, wenn er es sich leisten konnte, diese Art von Geld für eine Jungfrau, ein Kleid und ein Hundehalsband auszugeben, dann war er der Aufgabe vielleicht gewachsen.

Es ging auf 18 Uhr zu, als es an diesem Abend endlich klingelte und ich die Sprechanlage nach unten betätigte.

„Ja?"

„Samara Tanza? Hier ist Dwight, Ihr Fahrer für den Abend. Mein Auto wartet vor dem Gebäude, wenn Sie nach unten kommen möchten."

„Bin gleich da!", rief ich, etwas zu begeistert, wenn ich es mir so recht überlegte. Ich musste nichts anderes als meine Schlüssel und Handy holen, weshalb ich diese Dinge in meine Handtasche stopfte und durch die Tür trat.

Dwight wartete an der Eingangstür meines Gebäudes und öffnete mir freundlicherweise die Beifahrertür des Wagens, um mich einsteigen zu lassen.

„Vielen Dank", sagte ich.

„Ist mir ein Vergnügen", war Dwights einzige Antwort, ehe er um das Auto lief und unsere Reise startete.

Es war Samstagabend, weshalb der Verkehr etwas anders war als unter der Woche. Die Leute strömten für Wochenendshows und Abendessen in die Stadt und wir steckten sehr viel länger im Verkehr fest, als ich angenommen hatte, dass eine Fahrt zu irgendeinem Ort in der Stadt dauern würde. Ich hörte, wie Dwight einen Anruf machte und jemanden darüber informierte, dass wir später kommen würden und ich spitzte die Ohren, um nach der Stimme am anderen Ende der Leitung zu lauschen. Doch da war nichts, an dem ich irgendetwas erkennen hätte können, nur eine unbestimmbare männliche Stimme.

Während wir im Verkehr festsaßen wanderten meine

Gedanken zurück zu dem, was ich an dem Tag gesehen hatte, als ich über den Auktionsraum des Club V in der Stadt gestolpert war. Sicher, es war ein Schock für mich gewesen, doch jetzt war ich etwas weniger beunruhigt wegen dem, was die Frauen dort machten. Jede Frau hatte ihre eigene Geschichte, ihren eigenen Grund für ihre Anwesenheit dort. Ich konnte es wohl keiner von ihnen vorwerfen, dass sie selbst aus freien Stücken heraus Entscheidungen trafen, vor allem jetzt nicht, da ich selbst in eine missliche Lage geraten war, die mich vor die Wahl gestellt hatte – meiner Familie zu helfen oder nicht. Ich hatte die Entscheidung frei getroffen, aber tief in meinem Herzen wusste ich, dass es keine andere Möglichkeit gab. Ich wollte meinem jüngeren Bruder so unbedingt helfen und das war die Art und Weise, mit der ich das tun würde.

Wir krochen langsam in die Stadt und erreichten schließlich eine der größeren Straßen, die ich kannte. Wir waren auf dem Weg in eine protzige Nachbarschaft und ich fragte mich, wie viel Geld dieser Kerl wohl haben musste, um sich ein Apartment in der Nähe dieser Gegend leisten zu können.

Plötzlich stoppten wir und Dwight rief von vorne: „Wir sind da."

Wir befanden uns vor einem gigantischen Gebäude und als Dwight die Tür für mich öffnete, schaute ich an der verglasten Seite hoch. Das Gebäude war so hoch, dass mir leicht schwindlig wurde, nur weil ich daran nach oben sah.

„Miss Tanza, gehen Sie einfach rein, nennen Sie an der Rezeption Ihren Namen und man wird Sie zum Aufzug führen."

Ich nickte, betrat das Gebäude und begrüßte den Sicherheitsbediensteten an der Rezeption. Ich hatte keinen blassen Schimmer, nach wem ich fragen sollte, weshalb ich hoffte, dass die Nennung meines Namens reichen würde, damit man mich in die richtige Richtung wies.

„Samara Tanza, jemand erwartet mich."

Der Sicherheitsbedienstete nickte. „Diese Richtung, bitte." Anstatt mich zu den Hauptaufzügen zu führen, betraten wir einen Nebengang, der zu einem weiteren Foyer mit einem Privateingang von einer Seitenstraße führte. Er tippte einen Code auf einem Zahlenblock außerhalb des Aufzugs ein und die Türen öffneten sich. „Privater Aufzug zum Penthouse. Haben Sie einen angenehmen Abend, Miss Tanza."

Das Penthouse.

Nun, das beantwortete all meine Fragen darüber, wie viel Geld der Kerl hatte.

Antwort: Mehr als Gott.

Der Aufzug schoss wie eine Rakete seitlich des Gebäudes mit mir nach oben und ich klammerte mich an das Geländer, weniger wegen der Geschwindigkeit der Vorrichtung, als vielmehr deswegen, weil mir nun so richtig bewusstwurde, wohin ich gerade ging – und die Wahrheit war, dass ich nicht einmal die Hälfte von allem wusste. Ich wusste nicht, wie dieser Typ aussah oder was er von mir erwartete. Ob er so richtig auf diese Halsbandsache stand oder ob das eine Art Witz war. Vielleicht war er ja eher der nerdige Typ und daran interessiert, etwas Kink auszuprobieren, weil er es noch nie zuvor getan hatte. Als ich kurz davor war, aus dem Aufzug zu steigen, wusste ich nur, dass das, womit ich es gleich zu tun bekommen würde, wild und mir fast völlig unbekannt war. Das Einzige, das ich mit Sicherheit wusste, war, dass ich gleich durch die Tür laufen und den Mann kennenlernen würde, der mir meine Jungfräulichkeit nehmen würde.

Die Türen öffneten sich und ich trat hinaus auf einen schiefergrauen Marmorboden. Das gesamte Foyer war mit

Marmor bedeckt, vom Boden bis zur Decke, und die Möbelstücke, die diesen Bereich einnahmen, waren mit einem edlen weißen Stoff überzogen. Es waren eindeutig die Art von Möbeln, die niemand jemals benutzt. In dem kleinen Raum, der sich zu einem größeren Wohnbereich öffnete, waren exotische Pflanzen verteilt.

Von dem Bewohner des Penthouses war weit und breit nichts zu sehen, weshalb ich langsam in den Hauptwohnbereich lief in der Hoffnung, entweder bemerkt zu werden oder einen Blick auf irgendjemanden zu erhaschen. Das Zimmer war opulent eingerichtet und die Decken hoch. Ein Kamin bildete das Herzstück des Zimmers und ein kleines Feuer brannte bereits darin. Dafür war ich dankbar, da in der Luft eine Kälte lag, die zu Anfang des Frühlings normal war, aber mein Kleid bot nicht gerade viel Schutz. Auf einem Tisch stand ein Teller mit Käse und Crostini sowie eine Flasche Champagner auf Eis. Ich schlenderte dorthin, um mir das Etikett anzuschauen. Nicht, dass ich viel über einen guten Champagnerjahrgang wusste, aber ich wusste, was die Leute, die etwas über Wein wussten, an der Bar bestellten. Was ich über diese Flasche wusste, war, dass sie mehr als mein Kleid kostete. Und vielleicht auch das Hundehalsband.

„Samara."

Seine Stimme kam von irgendwo hinter mir und ich drehte mich erschrocken um. Einen richtigen Schock verpasste mir jedoch sein Gesicht. Ein Gesicht, das ich nie wieder zu sehen erwartet hatte, und womöglich auch das letzte, das ich hier und jetzt sehen wollte.

Neil Vance.

KAPITEL 8

„*E*s ist so schön, dich wiederzusehen. Ich hatte zwar nicht damit gerechnet, dass es unter diesen Umständen geschieht, aber das Leben steckt voller Überraschungen."

Der Mann war genauso arrogant wie an jenem ersten Abend, an dem ich ihn kennengelernt hatte. Doch heute Abend war irgendetwas an ihm leicht anders. Ich konnte es nicht genau sagen. Wie um Himmels willen konnte es Neil sein? Ich hatte jetzt allerdings keine Zeit, um über die Warums und Wies nachzudenken. Ich war für die ganze Woche hier.

„Guten Abend", erwiderte ich und gab mich cool. Ich war mir sicher, dass er den Ausdruck des Schocks und der Überraschung von meinem Gesicht abgelesen hatte und sich vermutlich stumm darüber freute.

„Danke, dass du mich eingeladen hast." Noch in der Minute, in der die Worte meine Lippen verließen, realisierte ich, wie dämlich das klang, aber ich wusste nicht, was ich in der Situation sonst sagen sollte. Hey, danke, dass du dafür bezahlst, meine Jungfräulichkeit zu nehmen und das Leben meines kleinen Bruders zu retten. Das hätte auch nicht funktioniert, obwohl es näher an dem dran war, was ich momentan fühlte.

„Ganz im Gegenteil, es ist mir ein Vergnügen, dich hier zu haben und ich hoffe, dass es mit der Zeit auch deines sein wird. Warum nimmst du nicht Platz. Hättest du gerne etwas Champagner?"

„Klar, das wäre nett." Und ehrlich gesagt, konnte ich jedes bisschen flüssigen Mut vertragen, den er gewillt war, mir anzubieten. Ich würde in die richtige Stimmung kommen müssen, sollte das alles überhaupt klappen.

Er machte sich daran, die Flasche zu entkorken und der Korken flutschte mit einem Plopp in das Handtuch in seinen Händen. Nachdem er uns beiden ein Glas eingeschenkt hatte, trat er um den Tisch, um sich neben mich auf das Sofa zu setzen und reichte mir ein Glas.

„Auf das Ausprobieren neuer Dinge", sagte er mit einem Grinsen.

„Auf neue Dinge", erwiderte ich, als wir unsere Gläser aneinanderstießen. Ich nippte langsam an dem Champagner und genoss den Geschmack auf meiner Zunge, während ich mich darum bemühte, mich auf etwas zu konzentrieren.

„Bist du nervös, Samara?"

Ich schüttelte den Kopf. „Nein, ich sehe keinen Grund, nervös zu sein."

„Bist du dir sicher?"

Ich nickte, aber die Wahrheit war, dass mein Herz mit einer Meile pro Minute in meiner Brust dahinraste und sich eine Art nervöser Vorfreude in mir breit machte. Ich war nicht auf eine Weise nervös, die in mir den Wunsch weckte, aufzuspringen und das Penthouse zu verlassen – ich wollte Neil am liebsten packen und direkt dort, wo wir saßen, küssen.

Wir nippten an unserem Champagner und er stellte

mir Fragen zu meinem Leben, was ich gerne in meiner Freizeit machte und wie es dazu kam, dass ich im Club arbeitete.

„Meine beste Freundin hatte dort einen Job als Barkeeperin und hat mir erzählt, dass sie nach einem neuen Barkeeper suchen. Also hab ich die Gelegenheit ergriffen."

Neil nickte und musterte mich abermals von oben bis unten, wobei seine Augen langsam meinen Körper erfassten. „Wusstest du, was der Club ist, als du dort zu arbeiten angefangen hast?"

Ich lachte und das schien ihn zu glücklich zu machen. „Nun ja, nach dem ersten Mal, als ich im Club war, war es schwer, das nicht zu bemerken. Ein Pärchen fiel im Pool übereinander her als wäre ich Luft. Als ich dann zu kellnern anfing, musste ich natürlich häufig in einige der Nischen und Privatzimmer gehen, wo ich eine Menge Dinge aus nächster Nähe erlebte."

„Und was hast du davon gehalten?", fragte er, während er mit einem Finger die Länge meines Unterarmes nachfuhr. Das sandte einen Schauer über mein Rückgrat und mir stockte der Atem.

„Es war anders… neu… aufregend." Ich konnte mich kaum auf ein Wort fokussieren, so sehr lenkten mich seine Finger ab, die Muster auf meine Haut zeichneten.

Er nickte und beobachtete mein Gesicht, betrachtete die verschiedenen Merkmale. Es war leicht nervenaufreibend, dass er so viel intensive Aufmerksamkeit allein auf mich richtete.

„Du bist wirklich wunderschön, Samara. Ist dir überhaupt klar, wie hübsch du bist? Dass die Hälfte der Männer im Club dich vorbeilaufen sehen und dich wollen? Und das umso mehr, weil du unerreichbar bist. Sie würden alles dafür geben, damit du eine der Damen wirst, die im Hauptbereich arbeitet."

Meine Lippen teilten sich gegen meinen Willen und ich atmete jetzt ein bisschen schwerer. Ich war schockiert von der Wirkung, die Neil Vance auf mich hatte, aber nicht unzufrieden darüber. Er war so arrogant, so fordernd gewesen, doch jetzt, in seiner Gegenwart, sehnte ich mich nach mehr von ihm.

Als würde er meine Gedanken lesen, lehnte er sich zu mir und inhalierte an meiner Halsbeuge den Duft meines Parfüms. Ich erschauerte vorfreudig, weil ich erwartete, dass er mich küssen oder irgendwie berühren würde, doch stattdessen schwebten seine Lippen einige stumme, quälende Sekunden neben meinem Ohr.

Endlich flüsterte er: „Ich werde dafür sorgen, dass du danach bettelst."

Sein heißer Atem schickte einen erneuten Schauer über meinen Rücken und dann stand er schon wieder auf den Füßen. „Folge mir. Das Abendessen wartet auf uns."

Neil führte mich zu dem Essbereich seines Penthouses, einer Ecke, die vollständig von Fenstern umgeben war. Der Tisch war riesig, so groß, dass dort mühelos sechzehn Personen Platz gefunden hätten. Doch heute Abend war er am Kopfende nur für zwei gedeckt. Eine Köchin brachte unsere Teller und servierte uns ein leichtes Mahl aus Lachs mit Kräuterbutter, Fingerling-Kartoffeln und dünnen grünen Bohnen. Neil goss uns Champagner nach und gegen Ende des Abendessens und des zweiten Glases spürte ich die Auswirkungen des Alkohols.

Unser Gespräch war höflich und drang nicht zu tief in unser Privatleben vor. Ich denke, wir waren uns beide unsicher, was uns in dieser Nacht erwartete und ich hatte definitiv keine Ahnung, worauf ich mich einließ.

„Ich weiß, es wirkt etwas früh fürs Bett, aber wir haben diese Woche noch eine Menge vor."

Die Aussage erwischte mich eiskalt und erschuf in meinem Kopf einen ganzen Schwall neuer Fragen.

„Komm mit mir", forderte er mich auf und reichte mir seine Hand.

Ich griff zögerlich nach ihm und ließ mich von ihm in sein Schlafzimmer führen. Es war geschmackvoll eingerichtet und hauptsächlich in weiß gehalten. „Die heutige Nacht werden wir hier drin verbringen, aber andere Nächte werde ich dich vielleicht in ein anderes Zimmer bringen. Es erscheint mir wichtig, dass es heute Nacht hier passiert."

Ich nickte, weil ich allmählich zu verstehen begann, was er sagen wollte. Das war der Ort, an dem es passieren würde. Der Ort, an dem er mir meine Jungfräulichkeit nehmen und mir hoffentlich dabei auch ein wenig Spaß bereiten würde. Ich hegte keinerlei Zweifel daran, dass der Mann fähig war.

Eine komplette Wand seines Schlafzimmers bestand aus Fenstern. Ich betrachtete sie argwöhnisch und er bemerkte es.

„Keine Sorge, ich kann kontrollieren, ob jemand reinschauen kann oder nicht. Also, wann immer dir nach Publikum ist, lass es mich einfach wissen. Aber bis dahin werden wir für uns bleiben."

„Dankeschön", entgegnete ich lächelnd. Zum ersten Mal sah ich etwas beinahe Süßes in seinem Gesicht, doch dieser Funke verschwand fast so schnell wie er aufgeflackert war.

„Zieh dein Kleid aus. Ich möchte dich sehen."

Jetzt verstand ich so langsam, wie es ablaufen würde. Er sagte mir, was ich tun sollte. Es ergab jetzt Sinn, das Hundehalsband. Ich griff hinter mich, öffnete den Verschluss oben an meinem Kleid und zog den Reißverschluss bis ganz nach unten, sodass ich aus dem Kleid schlüpfen und es zu Boden fallen lassen konnte.

Ich wusste, wie ich aussah, als ich in dem BH und Höschen, die er mir am Vortag geschickt hatte, dastand.

Ich wusste, dass der hauchdünne Stoff der Dessous rein gar nichts verbarg. Ich konnte spüren, wie sich meine Nippel unter seinem Blick verhärteten und als sie sich aufrichteten, konnte ich spüren, wie sie sich hart gegen die zarte Spitze drängten.

„Du bist hinreißend, Samara. Danke, dass du die Dessous angezogen hast. Ich träume schon seit einer ganzen Weile von dir in diesem Set. Du wirst reich belohnt werden, weil du meine Anordnungen befolgt hast."

Er ging hinüber zu einem Nachttischchen und zog einen Stock mit einer Feder an der Spitze hervor und brachte ihn zu mir. „Wie empfindsam bist du?", wollte er wissen, während er die Haut auf meinem Arm leicht mit der Feder berührte und sie bis nach oben zu meiner Schulter gleiten ließ.

„Sehr", keuchte ich. Es fühlte sich beinahe wie ein Kitzeln an, aber nicht ganz. Mein Atem kam nur noch in kurzen, keuchenden Schüben und ich konnte spüren, wie tief in mir ein Schauder anschwoll. Mir war nicht kalt, aber ich konnte nicht stillhalten.

Er fuhr mit der Federspitze über meinen Brüsten hin und her, wodurch sie sich zu noch härteren Spitzen zusammenzogen.

„Dir gefällt das", stellte Neil fast knurrend fest. „Jetzt dreh dich um. Ich möchte deinen Hintern sehen."

Ich drehte mich, als er es verlangte, und er beugte mich nach vorne über das Bett. Da ich mit der Feder rechnete, war ich überrascht, als er meinen Po mit einer Hand packte und fest zudrückte, wobei er sich über mich beugte und mir ins Ohr flüsterte.

„Heute Nacht gehörst du mir. Denk daran. Denk daran, dass alles, was ich tue, für uns beide ist. Du wirst etwas mit mir teilen, das du noch nie erlebt hast."

Bevor ich mich auch nur fragen konnte, was er damit

meinte, zog er seine Hand zurück und ließ sie heftig auf meine rechte Pobacke herabsausen. Im Anschluss begann er sie sofort sanft zu reiben.

„Ich werde auf jede harte Berührung eine weiche folgen lassen, so viel kann ich dir versprechen. Du wirst nie Schmerzen verspüren, auf die nicht sofort ein exquisites Vergnügen folgt. Aber diese Woche gehörst du mir und es steht mir frei, dich zu benutzen. Und gegen Ende der Woche, wenn wir fertig sind, wirst du mich um mehr anbetteln. Du wirst tun, was ich dir sage, wann ich es dir sage oder du wirst bestraft werden."

Ich wusste nicht so richtig, was das alles zu bedeuten hatte, aber ich hatte eine vage Vorstellung. Ich atmete schwer und dachte an die BDSM Leute, die manchmal im Club abhingen. Was würde als Nächstes geschehen? Peitschen? Würde er mich fesseln?

Er zog mich wieder in eine stehende Position. „Es gibt da etwas, das wir noch nie gemacht haben", knurrte er in mein Ohr.

„Es gibt eine Menge Dinge, die wir noch nie gemacht haben", entgegnete ich, ohne nachzudenken.

Er lachte und streichelte mit einem Finger über meine Wange, bevor er mein Gesicht mit beiden Händen umfing. „Samara, darf ich dich küssen?"

Ich war überrascht, dass er fragte. Überrascht, dass er nicht einfach sofort meinen Mund eroberte, ohne dass ich ihm Erlaubnis erteilt hatte. Nicht, dass sie notwendig wäre. In diesem Moment, als ich in seine tiefblauen Augen hochsah, wusste ich, dass Neil Vance alles von mir haben könnte, was auch immer er wollte, wann auch immer er es wollte.

Ich gab nickend meine Zustimmung und er presste seine Lippen auf meine. Zuerst sanft und dann wurde der Kuss zu einem fordernden, leidenschaftlichen Kuss, der mich atemlos zurückließ und ein Kribbeln bis hinab in meine Mitte sandte.

Als er sich von mir löste, lag ein Grinsen auf seinem Gesicht. „Du bist köstlich. Und weißt du, was ich noch weiß?"

Ich schüttelte den Kopf. Es fühlte sich beinahe so an, als könnte dieser Mann meine Gedanken lesen und ich hatte Angst, dass er alles wusste, einfach alles. Dass er wusste, dass er mich vornüberbeugen und hier und jetzt nehmen könnte und ich mich nicht beschweren würde.

„Ich weiß, dass du verflucht erregt bist, Samara. Ich kann deine feuchte Pussy riechen."

Meine Knie waren noch nie zuvor aufgrund von Dirty Talk weich geworden, doch in diesem Moment taten sie es und ich packte seine Bizepse, um Halt zu finden.

„Bist du es?"

Ich holte tief Luft. Jetzt war meine Zeit gekommen, mutig zu sein.

„Warum berührst du mich nicht und findest es selbst heraus", flüsterte ich.

Langsam tastete er sich die Kurve meiner Hüfte hinab und brachte seine Hand zwischen uns, wo er seine Finger in meinen Slip tauchte und meine seidigen Falten streichelte. Ich seufzte und schloss die Augen, als er das tat, da ich die Empfindung genoss, ihn dort zu spüren. Mein Gehirn erinnerte sich zurück an die erste Nacht, in der ich ihn gesehen hatte, als die Kellnerin in seinem Büro gewesen war und er das Gleiche mit ihr gemacht hatte.

Jetzt war Neil Vance, einer der Mitbesitzer des Club V, bei mir, hatte seine Hände in meinem Höschen und im Verlauf der nächsten paar Stunden würde er derjenige sein, der mich entjungferte. Ich konnte kaum glauben, dass irgendetwas davon real war.

Er zog seinen Finger zwischen meinen Schamlippen weg und führte sie zu meinem Mund. „Schmeck dich selbst", befahl er. Ich öffnete den Mund, saugte an seinem Finger und schmeckte meine Feuchtigkeit an seinem Finger. Ich lutschte ihn sauber und als er ihn aus meinem Mund zog, beugte er sich zu mir, um mich abermals zu küssen, wobei er mit seiner Zunge tief eintauchte, um von mir zu kosten.

„Mmh", stöhnte er, als er sich zurückzog.

„Schmecke mich", verlangte ich, meine Augen leidenschaftlich und fordernd.

Ich musste es ihm nicht zweimal sagen. Innerhalb eines Wimpernschlags zog er mir das Höschen aus und befand sich vor mir auf den Knien, wo er meine Beine spreizte, um mich zu verwöhnen. Er ließ seine Zunge einmal und dann ein zweites Mal gegen meine Klit schnellen, was eine ganze Reihe Schauer durch meinen Körper schickte. Anschließend lehnte er sich nach vorne, um fest und beharrlich daran zu saugen, während er zwei seiner Finger in mich schob. Er stieß zärtlich in mich und beschleunigte das Tempo, als ich ihn an den Haaren packte und näher an mich drückte. Ich konnte fühlen, dass ich die Kontrolle verlor und die Wärme eines intensiven Orgasmus in mir aufwallte.

„Bitte, bitte", flehte ich ihn an. „Hör nicht auf."

Das tat er nicht. Ich merkte, dass er nicht einmal im Traum daran dachte, nicht, wenn ich so kurz davor war. Mit einem Schaudern fühlte ich eine kleine Explosion in meinem Inneren und eine Reihe lustvoller Zuckungen.

Neil lehnte sich zurück und sah zu mir hoch. „Du bist so wunderschön und ich kann dir gar nicht sagen, wie sehr ich dich gerade will."

„Du könntest es tun", entgegnete ich mit einem trägen Kichern. Mein Körper war befriedigt, aber ich wusste, dass ich noch mehr von ihm wollte. Die Frage war nur, ob er mir gewähren würde, was ich wollte, oder nicht. Seine Dominanz war eindeutig etwas, das für mich sehr wichtig war, und ich wusste nicht so recht, wie das funktionierte. Ihm gefiel es, mich zu befriedigen. Dafür hatte ich Beweise aus erster Hand, doch konnte ich haben, was ich wollte, wann ich es wollte? War es mir überhaupt erlaubt, darum zu bitten?

„Kann ich dir ein paar Fragen stellen, Neil? Darüber, wie das alles funktioniert?"

„Selbstverständlich", antwortete er, während er mich in seine Arme hob und wieder auf sein Bett legte. Es fühlte sich wie eine Wolke an und ich seufzte zufrieden, als ich in die weiche Bettdecke sank.

„Das Halsband, die Dominanz, worum geht es dabei?"

„Ah, das Halsband. Nun, ich hatte mich gefragt, ob du den Hinweis erkennen würdest. Denk zurück an unser erstes Treffen, bei dem du Asia gesehen hast, die ein Halsband getragen hat, das diesem ähnelte. Ich dachte, dass du dich vielleicht fragen würdest, ob ich dahinterstecke."

Ich lächelte, während ich die Bettdecke zurückschlug und darunter krabbelte, ehe ich Neil dazu ermutigte, meinem Beispiel zu folgen. Er zog sich bis auf seine Boxerbriefs aus, glitt zwischen die Laken und zog mich dicht an sich.

„Ist das in Ordnung für dich?", erkundigte er sich. Ich wusste nicht, warum es mich so überraschte, dass er nachfragte, aber es freute mich, dass er sich vergewissern wollte, ob ich mit den Dingen einverstanden war, bevor er weitermachte.

„Es fühlt sich schön an", sagte ich, während ich mich an die glatte Ausdehnung seiner muskulösen Brust schmiegte. „Erzähl mir mehr von dem Halsband und diesen Dingen."

Er holte tief Luft, wobei er den Duft meines Shampoos inhalierte. „Du solltest wissen, dass ich es dir zwar geschickt habe, aber nicht wirklich erwarte, dass du es trägst. Ein Halsband zu tragen, ist in Wirklichkeit ein Symbol für etwas und so weit sind wir definitiv noch nicht. Falls du an einer Sub-Beziehung mit mir interessiert bist, wenn alles vorüber ist, dann können wir dieses Thema sehr gerne besprechen. Aber ich möchte dich ein bisschen besser kennenlernen. Und es gibt ein paar Dinge, um die wir uns zuerst kümmern müssen."

Ich konnte spüren, dass seine Erektion an meinem Bauch anschwoll und griff nach oben, um die Kontur seines Penis durch den Stoff seiner Unterwäsche nachzufahren.

„Hast du Angst?", fragte er.

Ich schüttelte den Kopf. „Nicht wirklich. Ich freue mich darauf. Es ist aufregend."

Seine Hand befand sich erneut zwischen meinen Beinen und er zwirbelte meine nach wie vor empfindliche Klitoris. Mit seiner anderen Hand öffnete er die Häkchen meines BHs und ich zog ihn aus, wodurch ich ihm vollen Zugang zu meinen Brüsten gewährte.

„Die sind unglaublich", knurrte er, während er sich zu mir beugte und eine Brustwarze in den Mund nahm, sachte daran saugte und dann fester, bis sie beide aufgerichtet waren und direkt von meinen Brüsten abstanden.

Ich wand mich unter ihm und fühlte mich irgendwie so, als würde ich ihn vernachlässigen, weil er nicht so viel Aufmerksamkeit erhielt. Daher griff ich nach unten in seine Unterwäsche, um ihn zu berühren und die seidige Länge seiner Härte zu erkunden. Lusttropfen quollen bereits daraus hervor und ich wünschte, ich könnte ihn erreichen, um sie von der Spitze zu lecken. Doch ich merkte, dass er andere Pläne hatte.

„Ich will dich, Samara. Jetzt."

Die Intensität in seiner Stimme ließ mich erschaudern

und keuchen. Ich spreizte meine Beine weiter und erlaubte ihm, sich zwischen sie zu begeben, während er seine Boxerbriefs nach unten schob und zur Seite warf. Dann streifte er rasch einen Gummi über seine Erektion.

„Du bist so feucht. Samara, bist du bereit? Ich werde langsam für dich machen…", er beugte sich näher zu mir, um mir ins Ohr zu flüstern, „aber nur dieses Mal."

Ich nickte hektisch, da das Verlangen in mir sekündlich zunahm. „Bitte, ich will dich, Neil."

Ich spürte die Spitze seines Penis an meinem engen Eingang. Langsam, sachte begann er, sich in mich zu schieben. Er war größer, als mir bewusst gewesen war, und ich fühlte, wie ich mich an seine Größe anpasste, während er mich mit jedem Zentimeter, den er nach vorne drang, dehnte. Als er schließlich in mir vergraben war, stieß er ein Seufzen aus und hielt einen Augenblick inne.

„Ich hoffe, dass fühlt sich für dich wenigstens halb so gut an wie für mich", sagte er und ich zog ihn nach unten, damit er mich küsste, als er langsam begann, sich zurückzuziehen und dann wieder in mich zu stoßen. Es war exquisit, das Gefühl, gefüllt und in Besitz genommen zu werden. Ich konnte verstehen, warum er zu Dominanz neigte – denn in diesem Moment gehörte ich ihm. Er beanspruchte mich für sich. Und wir würden diese Nacht, in der ich ihm erlaubte, derjenige zu sein, der mich entjungferte, für immer haben.

Sein Tempo nahm zu und ich konnte an seinem Gesichtsausdruck erkennen, dass er sich in der Lust des Moments verlor. Seine Augen waren halb geschlossen und seine Hüften stießen vor und zurück, wodurch er sich seinem Höhepunkt immer näher brachte.

Ich konnte auch spüren, wie etwas in mir anschwoll. Mit ihm in mir war es anders und er berührte Stellen, die ich noch nie berührt hatte, weder mit meinen Fingern noch einem Vibrator. Es war, als hätte er Zugang zu einem Teil von mir, den bisher niemand sonst hatte erreichen können. Und jedes Mal, wenn er sich in mich stieß, kam ich dem ein bisschen näher, was sich anfühlte, als würde es ein sehr intensiver Orgasmus werden.

Mit einem letzten Stoß, der von einem Stöhnen begleitet wurde, ließ Neil los und ich spürte ihn in mir erschauern, als ich meine Beine um ihn schlang und fest an mich drückte. Mein eigener Höhepunkt war so überwältigend, dass ich nichts anderes tun konnte, als um Atem zu ringen.

Er hatte mich gekauft und bezahlt und ich war keine Jungfrau mehr.

KAPITEL 9

*W*ie viele Male waren es in dieser Nacht noch gewesen? Nach fünfen hatte ich zu zählen aufgehört. Neil hatte mich während der Nacht immer wieder aufgeweckt, indem er mit den Händen über jeden Zentimeter meines Körpers gestreichelt und ihn erkundet hatte. Ich hatte mich noch nie bei irgendjemandem so gefühlt, jemals. Es war, als wollte er mir huldigen und jede Sekunde, die wir gemeinsam hatten, auskosten. Das konnte ich ihm nicht verübeln. Er bezahlte einen hohen Preis, damit ich ihm eine Woche lang Gesellschaft leistete.

Es fühlte sich natürlich an, am nächsten Morgen neben ihm aufzuwachen, sein Arm lässig über die Länge meines Körpers geworfen. Er streichelte die Haut über meiner Hüfte, als er aufwachte und drehte mich um, sodass ich ihn ansah.

„Guten Morgen, Samara."

„Guten Morgen, Neil", erwiderte ich mit einem Lächeln.

„Hättest du gerne Frühstück? Ich werde Meredith etwas für uns zubereiten lassen, wenn du möchtest."

Mein Magen knurrte bei der Erwähnung von Frühstück.

„Ich fass das mal als ein ‚Ja' auf." Er nahm sein Handy in die Hand, öffnete eine App und wählte einige Dinge aus, bevor er es wieder beiseitelegte. „Das teilt ihr nur mit, dass ich wach bin und sie in ungefähr zwanzig Minuten mit mir in der Küche rechnen muss."

„Warum wirst du zwanzig Minuten warten?"

„Weil ich noch andere Pläne habe", antwortete Neil und setzte mich über diese recht schnell in Kenntnis, indem er anfing, ein weiteres Mal über meinen Körper herzufallen.

* * *

DAS FRÜHSTÜCK WAR FABELHAFT, sowohl an diesem Tag als auch am nächsten. Alles, das Meredith kochte, war außergewöhnlich. Die Ausgabe, eine Köchin und Haushälterin zu haben, wirkte weniger lächerlich, wenn sie Mahlzeiten zubereiten konnte wie die, die mir serviert worden waren.

Nachdem der erste Tag damit verbracht worden war, einander ein bisschen besser kennenzulernen und sich daran zu gewöhnen, die andere Person in der Nähe zu haben, verkündete Neil am zweiten Morgen im Penthouse, er hätte eine Überraschung für mich.

„Was ist es?", fragte ich, als er mich durch den Flur führte.

„Erinnerst du dich daran, dass ich dir von einem anderen Schlafzimmer erzählt habe?"

Ich nickte und fragte mich, in was für eine Falle ich wohl gerade lief. Die vergangenen achtundvierzig Stunden hatten wir praktisch nonstop Sex gehabt und ich war allmählich etwas erschöpft.

„Wir werden nicht…"

Wir stoppten vor der Schlafzimmertür und er zog mich für einen Kuss dicht an sich. „Wir werden nichts tun, das du nicht tun möchtest."

„Aber wenn du das Sagen hast, bist du derjenige, der mir befiehlt, was ich tun soll. Was hat das bitteschön damit zu tun, was ich möchte?"

Er grinste. „Denk einen Augenblick darüber nach. Habe ich jemals etwas mit dir gemacht, das du nicht wolltest? Habe ich jemals etwas mit dir gemacht, das dir nicht irgendeine Art von Vergnügen verschafft hat?"

Neil hatte recht, obwohl ich es hasste, das zuzugeben. Es war, als hätte er die Tür zu einem geheimen Teil meiner Selbst geöffnet und all diese geheimen Sehnsüchte befreit, die ich hatte. Und irgendwie hatte er eine ziemlich gute Vorstellung davon, wie ein Großteil von ihnen aussah.

Er öffnete die Tür und machte das Licht an. Es war ein gedämpftes, atmosphärisches Licht, aber ich konnte trotzdem noch erkennen, was sich in dem Raum befand. In den Vier Ecken standen verschiedene Gerätschaften. Die Dinge, die ich erkannte, waren ein Bondagebett und eine Fesselbank. An den Wänden hingen überall verschiedene Arten von Peitschen. In einer Ecke befand sich ein Gebilde meisterhaft verknoteter Seile. Ich hatte so etwas schon mal gesehen und fragte mich, ob Neil die Knoten selbst geknüpft hatte oder ob es jemand anderes getan hatte. Es musste er gewesen sein. Dieser Mann würde sich unter keinen Umständen jemandem unterwerfen.

„Hast du Angst?", erkundigte sich Neil. Es machte so langsam den Anschein, als wäre das seine Lieblingsfrage.

„Nein", erwiderte ich, wobei ich vollkommen ehrlich bezüglich meiner Gefühle war. „Manches davon sieht aus, als könnte es viel Spaß machen."

„Ich möchte, dass du deine Kleider ausziehst. Jetzt."

Ich warf ihm von der Seite einen Blick zu. „Was, wenn ich das nicht will?"

Er rückte näher zu mir und senkte die Stimme. „Wann habe ich jemals von dir verlangt, etwas zu tun, das dir keine Lust bereitet hat? Zieh deine Klamotten aus. Ich werde dich nicht noch einmal darum bitten."

Anstatt einen Streit heraufzubeschwören, entkleidete ich mich. Ich bemerkte, dass die simple Vorstellung, mit ihm hier in diesem Raum zu stehen, umringt von all seinen Lieblingssexspielzeugen, eine der erregendsten Erfahrungen meines Lebens war. Meine Brustwarzen zogen sich zu kleinen Perlen zusammen und ich konnte spüren, dass sich meine Pussy in Reaktion darauf verkrampfte.

„Knie dich auf den Boden", befahl er.

Ich tat wie geheißen und er ging zur anderen Zimmerseite, wo ich ihn nicht sehen konnte. Als er zurückkam, hatte er mehrere Meter roten Seils zum Fesseln in der Hand. Er begann mit meinen Armen, die er vor mich band, in dem er das Seil um sie wickelte. Ich hatte so eine Performance schon mal gesehen, aber hätte nie im Leben gedacht, dass es sich so anfühlen würde, wenn die seidige Weichheit der Seile über meine Haut rieb. Mehr als das, es lag auch an dem Gebaren und den Fähigkeiten, die Neil während der Fesselung an den Tag legte.

Meine Atemzüge gingen schwerer, während er das Seil in einem ausgeklügelten Design um mich wickelte. Ich verlor jegliches Zeitgefühl und versuchte, mich darauf zu konzentrieren, was er machte, aber verlor mich in dem Moment und der Art, wie es sich anfühlte, als sich das Seil um meinen Körper zusammenzuziehen begann.

Als er schließlich fertig war, befand ich mich auf dem Boden und war vollständig gefesselt, wobei meine schweren Brüste obszön von mir abstanden. Meine Nippel waren schmerzhaft hart und ich wollte Neil bitten, an ihnen zu saugen, aber ich wusste, er würde es mir verwehren.

„Du wirst jetzt eine Weile in dieser Position bleiben und ich werde dich betrachten, meine hübsche Samara."

Einige Minuten waren vergangen, als er sich neben mich stellte und ein unbemerktes Objekt außerhalb meiner Sichtweite auf dem nahegelegenen Nachttisch deponierte. Neil streichelte mit seinen großen Händen über die Länge meines Körpers. Ich erschauerte lustvoll, als seine Finger im Tandem nach unten über meine Brüste und meinen Rücken glitten und dann wieder nach oben wanderten, wobei sie meinen Körper hauchzart liebkosten.

Ich konnte ihn riechen, eine berauschende Mischung aus Sex… und Moschus.

Ein Finger legte sich auf meine Klit, während sich die andere Hand auf meinen Po legte. Geschickt glitt seine linke Hand nach unten zu meinem Poloch und drückte dabei andeutungsweise dagegen, bis sie sich schließlich auf meine inzwischen feuchte Spalte legte. Das entlockte ihm ein tiefes, amüsiertes Lachen. „Wie ich sehe, ist jemand glücklich." Seine Stimme war tief und sexy.

„Mmmh…", keuchte ich.

Neils Finger bewegten sich leicht vor und zurück, strichen der Länge nach über meine Spalte, sogar als seine andere Hand meine Klitoris massierte. Ich erschauerte unter seiner Berührung und betete, dass es nie aufhören möge.

Das hier war mehr, eine tiefere Verbindung, ein heimliches Vergnügen, diesem Mann die vollständige Kontrolle zu überlassen.

Seine Finger bewegten sich schneller über meine geschwollene Klit.

Ich wiegte die Hüften in dem Versuch, Reibung an

Neils Hand zu erzeugen. Seine Augen waren auf mich geheftet, als er plötzlich meine Klitoris fest zwickte. Lust- und schmerzvolle Schauer durchfuhren meinen Körper und entrissen mir ein kratziges Stöhnen, als ich mich wegen der Empfindung aufbäumte.

„Du bist ein versautes kleines Mädchen, nicht wahr?"

Ich konnte zur Antwort bloß nicken.

Neil kniete sich zu Boden, ehe er meine Schenkel spreizte. Er sah mit einem verschmitzten Grinsen, das seine Lippen umspielte, zu mir hoch: „Bereit für einen kleinen Test?"

„Ja." Ich leckte über meine Lippen, denn jetzt war ich nervös. Was für ein Test könnte das sein? Es fiel mir schwer, mich zu konzentrieren; ich wollte, dass mich Neil berührte und mit seiner Zunge über meine feuchte Spalte leckte, bis ich vor Lust explodierte.

Neil griff nach oben an eine Stelle neben mir auf dem Bett und holte einen großen Dildo hervor, der so geformt war, dass er wie der Penis eines Mannes aussah. Er war mindestens dreiundzwanzig Zentimeter lang und ziemlich dick. „Wie ich sehe, bist du bereits schön feucht. Also werden wir uns keine Gedanken um irgendwelche Gleitmittel machen müssen. Dein Test besteht darin, den hier in dir zu behalten, bis ich ihn entferne."

So etwas hatte ich noch nie gemacht. „Was passiert, wenn ich es nicht schaffe?"

„Wenn du versagst, werde ich den Flogger benutzen – und nicht auf die amüsante Weise." Die Belustigung war aus seinen Augen verschwunden und von einer tödlichen Ernsthaftigkeit ersetzt worden.

Ich schloss die Augen und nickte, um der Herausforderung zuzustimmen. Was könnte ich auch sonst tun?

Dann, auf einmal, konnte ich fühlen, wie die Spitze des Pseudopenis in mich drang. Meine Pussy war eng und die Empfindung dieser dicken Eichel, die in mich geschoben wurde, war intensiv, eine berauschende Mischung aus Lust und Schmerz, während sich meine Wände dehnten, um ihn aufzunehmen.

Plötzlich, gerade als ich dachte, ich würde in zwei Hälften gerissen werden, gab mein Körper nach, der Dildo drang in mich und füllte mich. Ich fühlte mich so voll. Jeder Zentimeter meiner Pussy konnte die Pseudohaut des Schafts spüren, der reichlich mit Adern und Erhebungen und Hubbeln ausgestattet war.

Offen gesagt, fühlte es sich fantastisch an.

Neil beobachtete mich eindringlich, ein leichtes Lächeln im Gesicht. Er verstand eindeutig ganz genau, was ich gerade empfand.

„Bist du bereit für deinen Test?"

Bereit für meinen Test? Was konnte es denn noch geben?

Als er meine Verwirrung sah, lachte Neil und ließ sich nach hinten auf seine Fersen sinken, um vom Bett zu steigen. Er beugte sich über mich und küsste mich leicht auf die Lippen. „So unschuldig. Ich werde so viel Spaß mit dir haben."

Und dann war er fort und marschierte zu einem Tisch, auf dem verschiedene Gegenstände lagen. Er begann nach etwas anderem zu suchen. Eine kleine Fernbedienung und ein langer Lederflogger wurden hervorgeholt.

Überrascht riss ich die Augen auf. Nein, er konnte doch nicht wirklich…

Tief in mir begann der Pseudopenis zu pulsieren und zu vibrieren.

Die Wirkung setzte sofort ein. Feuchtigkeit flutete mich, als die Vibrationen gleichzeitig jeden Teil meiner Pussy erreichten. Innerhalb von Sekunden schmerzte ich vor Verlangen und war dermaßen erregt, dass es mir schwerfiel, mich zu konzentrieren. Meine Nippel waren steinhart und begierig, gesaugt oder gezwirbelt oder... irgendetwas zu werden, einfach irgendetwas, das ein Gegengewicht zu den Wundern darstellte, die sich von dem Dildo nach außen verteilten.

„Das ist der Test." Neil lächelte. „Und um es wirklich schwer zu machen, wirst du bei der Einstellung, die ich gewählt habe, nicht kommen können."

„Nein!"

„Oh doch."

Ich wand mich auf dem Bett, denn mein Körper stand wegen des Pulsierens in meinem Inneren in Flammen.

Es wurde jedoch schnell ersichtlich, dass die Vibrationen des Dildos zu sanft waren, um mir einen Höhepunkt zu bescheren.

Meine Augen waren auf Neil gerichtet und verfolgten jetzt jede seiner Bewegungen, während mein Körper bebte, weil der Vibrator in mir pulsierte. Er lief zur Tür und wandte sich mir zu. „Ich bin gleich wieder da."

Es fühlte sich an, als wären Stunden vergangen, und meine Pussy schmerzte aufgrund der Dehnung durch den Dildo, als ich spürte, dass das Summen endlich stoppte. Ich war nur mit einem schwachen Licht im Zimmer zurückgelassen worden, das eine kleine Lampe in der Ecke ausstrahlte. Daher dauerte es nicht lange, bis mich der Schlaf übermannte. Ich war völlig erschöpft und es war mir egal, dass ich nach Sex roch und noch immer einen Dildo in mir hatte.

* * *

Neil kam während der dunkelsten Stunde der Nacht zu mir und schlüpfte neben mich ins Bett, wo ich schlafend lag, erschöpft von den vorherigen Aktivitäten. Der Dildo war entfernt worden und meine Fesselung war jetzt ebenfalls fort und hatte meinen Körper schmerzend zurückgelassen.

Seine Finger bewegten sich in trägen Kreisen zur Unterseite meiner Brüste und begannen dann mit dem gleichen Phantommuster Richtung Süden zu wandern, bis ich eine federleichte Berührung oberhalb meiner Pussy spürte.

Ich fühlte, wie meine Nippel hart wurden.

Ich öffnete die Augen, konnte jedoch nichts sehen. Unter der Tür drang kein Licht hervor und das Licht im Zimmer war ausgeschaltet worden.

Seine Finger tanzten über meine Brustwarzen, wodurch sie wegen des Lustschmerzes, den der Dildo vorhin verursacht hatte, jäh schmerzten. Mein Körper erbebte unter seiner Berührung und plötzlich flutete mich Feuchtigkeit.

Ich erkannte, dass ich unglaublich erregt wurde von ihm und der Situation, in der ich mich jetzt befand. Vor wenigen Tagen war ich noch Jungfrau und jetzt lag ich im Dunkeln, während sich ein Mann an mich presste, der mich ganz gewiss vögeln würde, bis er befriedigt war. Ich realisierte, dass das genau das war, was ich wollte.

Ich konnte fühlen, wie mein Körper reagierte und sich im Einklang mit seinen Berührungen bewegte. Meine Pussy fing an zu pochen.

Er umfing meinen Kopf mit seiner rechten Hand und neigte mein Gesicht nach links, damit er mich küssen konnte. Es war ein tiefer, leidenschaftlicher Kuss und er brachte meinen ganzen Körper vor Lust zum Prickeln. Ja, ich würde ihn mit allem, das in mir steckte, vögeln.

Als ich seinen dicken, warmen Penis zwischen meine Schenkel dringen spürte, lächelte ich. Ich hob mein linkes Bein und erlaubte ihm, seine Erektion nach unten zwischen meine feuchten Schamlippen zu schieben. Er bewegte sich mühelos in der Feuchtigkeit, die er dort vorfand.

Ohne zu warten, stieß Neil in mich und sein Umfang füllte mich vollkommen aus. Ich erschauerte und stöhnte mein Vergnügen hinaus. Er fühlte sich umwerfend an. Ich wusste, dass es ein Klischee war, aber er schien mir einfach zu ‚passen‘.

Aufgrund der plötzlichen Empfindung erbebte ich vor Lust und drängte mich ihm entgegen, wollte mehr. Er reagierte auf gleiche Weise, indem er anfing, in mich zu dringen und sich dann zurückzog... langsam.

Es brachte mich beinahe um den Verstand, aber jedes Mal, wenn ich versuchte, ihm entgegenzukommen, um meine Stimulation zu vergrößern, legte er seine Hand auf meine Hüfte, stoppte mich, stoppte auch sich.

Ich wimmerte jedes Mal, wenn er das tat, weil ich ihn so sehr brauchte.

So ging es eine ganze Zeit lang, bis er schließlich seine rechte Hand nach unten gleiten ließ, wo sie sich auf meine Pussy legte. Geschickt fand er meine Klit und begann sie mit seinem Daumen und Zeigefinger zu massieren, wobei er meine eigenen Labien gegen mich verwendete, um mich weiter zu stimulieren.

Ich fing an zu keuchen. Meine Atemzüge kamen nur noch in kurzen Schüben, während ich versuchte, wenigstens ein Mindestmaß an Kontrolle über meinen Körper zu bewahren.

Es war ein fruchtloses Unterfangen, wie ich bemerkte. Er wusste einfach genau, was er tun musste. Er wusste, was ich brauchte. Wusste, wie er mich zu dem scharfkantigen Rand meines Orgasmus führen und dann dort balancieren lassen konnte. Dort machte er eine kurze Pause, damit ich mich wieder beruhigte, nur um seine lustvolle Folter ohne Vorwarnung wieder aufzunehmen, sodass ich jedes Mal von meiner eigenen Lust überrascht wurde.

Heiliger Bimbam!

Meine Gedanken rasten und versuchten, mit den wahnsinnigen Empfindungen seiner Finger, die über meine Haut tanzten, mitzuhalten. Meine Pussy pochte, als er fortfuhr, sich in mir rein und raus zu bewegen. Seine komplette Härte füllte mich und dann zog sie sich mit qualvoller Langsamkeit zurück.

Mir wurde bewusst, dass er Liebe mit mir machte und sich Zeit ließ, um sich seine Kräfte einzuteilen und mich in meine eigene Ekstase eintauchen zu lassen. Ich erschauerte, als er sich wieder in mich stieß und Stück für Stück vollständig mit seinem dicken Glied füllte.

Ich war so feucht und dennoch war unsere Vereinigung völlig lautlos. Nicht wie bei dem schmutzigen, lauten Sex, den ich erwartet hatte. Nein, er war vollkommen still, nur die Geräusche seiner Atmung drangen an mein Ohr. Die Wärme und Berührung seines Atems an meinem Ohr und Hals kam noch zu der allumfassenden Stimulation durch seine Finger hinzu. Einer dieser Finger liebkoste meine gesamte rechte Brust, während seine linke Hand weiterhin eine beständige Reibung auf meiner schmerzenden Klit erzeugte.

Rein… und wieder raus… und dann langsam rein… innehalten, nur für einen Augenblick, während meine Klit unter seiner Berührung pochte und pulsierte… und dann rausziehen. Seine Erektion füllte mich sogar, als er sich zurückzog… bis er fort war, ich mich in seiner Abwesenheit leer fühlte… dennoch wegen der lustvollen Wellen keuchte, die mich von meinen Brüsten ausgehend durchströmten… und dann vor Freude wimmerte, als dieser fantastische Penis sich abermals in mich schob in einer langen, langsamen, glatten Bewegung… seine Form verschmolz mit meiner… die Konturen seines Gliedes schienen ganz natürlich zu all meinen empfindlichen Lustpunkten zu passen.

Mein Gott, es fühlte sich einfach himmlisch an und ich gab mich meiner Lust vollkommen hin.

Ich konnte das Herannahen der Woge spüren, wusste, dass sich mein Körper immer mehr anspannte und auf einen Orgasmus zuschoss.

Es fühlte sich verrucht und sündhaft an, diesem Mann zu erlauben, meinen Körper auf die Weise zu nehmen, wie er es die vergangenen Tage gemacht hatte.

Doch jetzt, in diesem Bett, im Schweiß meiner Leidenschaft gebadet, dem Geruch von Sex durchdringend in der Nase, während meine Pussy immer wieder den fantastischen Penis packte, der mich füllte, war es mir egal.

Ich wollte nur gevögelt werden. Wollte in den Empfindungen, von diesem pulsierenden Glied gefüllt zu sein, ertrinken. Wollte fühlen, wie sich mein Körper im Einklang mit Neils bewegte, ungeachtet der wenigen Fetzen Willenskraft, die mir noch geblieben waren.

Entschlossen, ein Mindestmaß an Kontrolle zurückzugewinnen, rieb ich mein Hinterteil an seinem Schritt – und lächelte, als er sich im Rhythmus mit mir bewegte. Seine dicke Härte presste sich in mich und teilte die zitternden Lippen meiner tropfnassen Pussy.

Ich lächelte in der Dunkelheit vor mich hin, plötzlich glücklicher, als es mit Worten zu fassen war, und genoss den Moment. Und schließlich stellte ich in der Dunkelheit jeglichen Widerstand ein und ließ los.

Es war mindestens eine Stunde vergangen. Eine Stunde, in der seine Hände über meinen Körper geglitten waren und meine sensibelsten Stellen wie ein Instrument gespielt hatten. Eine Stunde, in der sein dicker Penis in mir gewesen war und mich zum Gipfel der Lust getrieben hatte.

Plötzlich konnte ich sein Glied pochen fühlen und dann zucken. Er pulsierte vor Leben und Lust, als er losließ. Und dann, gerade als er kam, bäumte sich mein Körper auf und erbebte an ihm, als ein Orgasmus in mir explodierte. Sterne tanzten in der Dunkelheit vor meinen Augen, während ich einen langgezogenen, lauten zittrigen Schrei ausstieß.

Schließlich brach ich in seinen Armen zusammen, meine Brüste hoben und senkten sich im Rhythmus mit meinem hektischen Keuchen. Neil rieb seine Nase an mir und hielt mich fest in den Armen. Ich fühlte mich zugleich geliebt und sicher und wie eine bessere Frau.

* * *

DAS WAR NUR DER ANFANG. Leder, Federn, Peitschen, Knebel... es fühlte sich an, als würde er alles an mir ausprobieren und merkwürdigerweise – zumindest war es für meine Gedanken in jenen Momenten merkwürdig – liebte ich einfach alles. Ich liebte es, wenn er mir die Augen verband und jede Stelle meines Körpers reizte. Ich war frustriert, aber letzten Endes am meisten befriedigt, wann immer er mich einige Stunden an das Bett gefesselt liegen ließ, nachdem er mich mehrere Male immer näher an den Rand eines Orgasmus gebracht hatte, mir aber nie Erlösung gewährt hatte. Als er das eine Mal schließlich wieder zu mir zurückkam, erst Stunden später, flehte ich ihn dennoch an, mich zu vögeln. Und dieses Mal tat er es, härter und tiefer als je zuvor. Es war der intensivste Orgasmus, den ich bisher erlebt hatte, aber damit hörte er nicht auf. Nein, er war noch nicht fertig und befahl mir, zu kommen, bis er bereit war. Ich hatte nicht gewusst, dass es möglich war, dass mein Körper so heftig von Lust geschüttelt wurde, aber er bewies es mir wieder und wieder, während die Tage vergingen. Jedes Mal, wenn ich dachte, ich hätte das Nonplusultra erlebt, führte er mich zu neuen Höhen. Und ich fragte mich, wie um Himmels willen ich diesen Mann jemals wieder verlassen sollte. Er hatte mir in so kurzer Zeit so viel gegeben und so viel beigebracht. Da wusste ich, dass ich irgendwann das Halsband tragen würde. Ich war seine Samara.

KAPITEL 10

*D*er Samstag kam viel zu schnell. Nach einer Woche gemeinsamen Spaßes neigte sich diese dem Ende zu. Neil hatte beschlossen, zu mir ins Badezimmer zu kommen und mir beim Baden zuzuschauen, nachdem wir heute Morgen mehrere Stunden lang Liebe gemacht hatten. Wir waren weit vor Sonnenaufgang aufgewacht und vor den gigantischen Fenstern in seinem Schlafzimmer auf dem Boden gelandet, während das frühe Morgenlicht auf unsere nackten Körper gefallen war.

Er saß am Badewannenrand und betrachtete mich, während ich mich fertig wusch. „Alles erledigt", verkündete ich fröhlich.

Neil hielt ein Handtuch für mich bereit und half mir aus der riesigen Wanne. Er wickelte das große flauschige Handtuch um meinen Körper und begann, mich abzutrocknen. Das war eine Art von Behandlung, an die ich mich noch immer nicht gewöhnt hatte, aber ich wusste, dass ich sie sehr schnell lieben lernen könnte. Es war so schön, jemanden zu haben, der mir beinahe vierundzwanzig Stunden am Tag diese Art von Aufmerksamkeit schenkte. Aber ich hatte immer noch ein paar Fragen im Kopf. Ich wusste, er hegte starke Gefühle für mich, doch war dies die Sorte Beziehung, die er exklusiv führen wollte? Wir hatten nicht darüber gesprochen und wenn ich auf mein Bauchgefühl hörte, dann war ich der Meinung, dass es ein bisschen früh war, um so eine große Verpflichtung einzugehen. Ich wollte gerne hören, was sich Neil von dem Ganzen erhoffte, aber für mich war es auch in Ordnung, mir Optionen offenzuhalten. Nur weil wir miteinander geschlafen hatten, hieß das nicht, dass ich alles aufgeben und sofort eine Beziehung mit diesem Mann eingehen musste.

Wir schwiegen beide, während er mich abtrocknete. Dann, als ich nackt dastand, drehte er mich zu sich um und drückte mir einen Kuss auf die Lippen.

„Letzter Tag. Wie geht es dir damit?"

Ich sah mich in dem prächtigen Bad um. „Du hast mich an einen Lebensstandard gewöhnt, den ich außerhalb dieses Penthouse-Palasts, in dem du wohnst, niemals weiterführen werde können."

Neil lachte. „Ich werde mal schauen, ob ich mit deinem Manager über eine Lohnerhöhung sprechen kann."

Ich betrachtete ihn argwöhnisch. „Das würdest du nicht tun, oder?"

„Wenn du es wünschst, könnte ich es tun. Definitiv."

Ich schüttelte langsam und entschieden den Kopf. „Ich möchte nicht, dass sich irgendetwas von dem, das hier zwischen dir und mir geschehen ist, auf meine Arbeitssituation auswirkt. Das wäre einfach zu viel für mich. Ich mag zwar zu Beginn nicht gewusst haben, wer du warst, aber ich bin mir sicher, dass eine Menge Leute, mit denen ich zusammenarbeite, ganz genau wissen, wer du bist. Wenn sie wüssten, dass wir irgendeine Vereinigung eingegangen sind... wäre das..."

„Es würde die Dinge für dich erschweren. Ich verstehe." Neil griff nach meinen sauberen Kleidern und reichte sie mir, damit ich mich anziehen konnte.

Nachdem ich in einen Teil meiner Klamotten geschlüpft war, wandte ich mich ihm wieder zu.

„Was wirst du tun, wenn du wieder zurück im normalen Leben bist?"

Ich dachte einen Moment nach. Was würde ich tun?

„Ich denke, dass ich mich in absehbarer Zukunft auf meinen Bruder und meine Eltern konzentrieren werde. Du?"

Neil schwieg, während er in den Spiegel blickte. „Ich denke, ich sollte mehr Zeit mit meinen Eltern verbringen. Wir stehen uns nahe, aber das Leben hat irgendwie so eine Art... dazwischen zu kommen, schätze ich. Sie waren immer fantastische Vorbilder für mich und ich hätte sie gerne mehr um mich. Würde gerne, einen Teil ihrer Weisheit aufsaugen. Herausfinden, wie sie es geschafft haben, so jung ihren Seelengefährten zu finden und vierzig Jahre lang verheiratet zu bleiben."

„Vierzig Jahre? Wow. Ich dachte meine Eltern wären schon eine ganze Weile zusammen. Ich schätze im Vergleich zu den meisten Leuten sind sie das auch, aber deine..."

Neil nickte. „Es ist wirklich bemerkenswert. Ich weiß, dass die Branche, die ich gewählt habe, und die Art von Freizeitbeschäftigung, die mir gefällt, das nicht unbedingt glaubwürdig erscheinen lassen, aber ich wollte das schon immer." Daraufhin drehte er sich, um mich anzuschauen. „Heiraten und Kinder bekommen, meine eigene richtige Familie haben. Ich weiß, ich bin keineswegs uralt, aber ich bin einunddreißig und es scheint an der Zeit zu sein, dieses Thema ernsthafter anzugehen."

Ich nickte zustimmend, obgleich ich noch immer nicht so ganz wusste, was ich dazu sagen sollte. „Ich schätze, wir haben beide Familienpflichten, denen wir nachkommen müssen."

Neil legte seinen Kopf unsicher zur Seite. „Bei meiner geht es eher darum, Zeit mit ihnen zu verbringen, deine… nun ja, dir stehen einige echte Verpflichtungen bevor. Josh wird dich jetzt mehr denn je brauchen."

Ich bin mir nicht sicher, ob ich überhaupt bemerkt hätte, was er sagte, hätte er nicht am Ende seines Satzes eine lange, nachhallende Pause gemacht.

„Ich habe dir nie verraten, dass mein Bruder Josh heißt. Hat Elle es dir erzählt? Jemand anderes aus dem Club?"

In diesem Moment hätte er sich noch irgendwie aus der Affäre ziehen können, doch stattdessen schüttelte er den Kopf und sagte das Letzte, das ich zu hören erwartet hatte.

„Samara, ich kenne Josh. Tatsächlich kenne ich deinen Bruder inzwischen schon eine ganze Weile."

KAPITEL 11

„Woher kennst du Josh?", fragte ich völlig verwundert darüber, was für eine Verbindung Neil Vance, Eigentümer des Club V, zu meinem Bruder haben könnte.

„Komm, lass uns aufs Dach gehen. Meredith wird das Frühstück hochbringen. Ich werde dir alles erzählen."

Neil schnappte sich eine Decke und wir gingen nach oben auf die Dachterrasse und setzten uns auf eines der Outdoor-Sofas. Es war ein heller Morgen, aber kühl und die Decke war eine gute Idee gewesen.

Ich kuschelte mich dicht an ihn und legte meinen Kopf auf seine Schulter. „Also, erzähl es mir."

Er holte tief Luft, während er mir sachte über die Haare streichelte. „Ich möchte nicht, dass du ausflippst, wenn ich dir den Grund verrate, warum ich deinen Bruder kennenlernte. Weißt du, nach der ersten Nacht, in der ich dir begegnet bin, konnte ich dich einfach nicht aus dem Kopf kriegen. Sicher, ich hätte in den Club gehen können, um dich zu sehen, mit dir zu reden und dich vielleicht um ein Date zu bitten. Aber ich war mir ziemlich sicher, dass du mir in diesem Fall eine Absage erteilen würdest."

Ich lachte. „Da lagen deine Instinkte richtig."

„Also zolle mir wenigstens dafür etwas Anerkennung. Ich habe Nachforschungen darüber angestellt, wer du bist, woher du kommst, dein Hintergrund und all das. Doch was mir sofort ins Auge gefallen ist, war, dass du einen jüngeren Bruder hast, der auf die Schule geht, an der mein Bruder coacht."

Ich setzte mich aufrecht hin. „Dein Bruder... ist Coach Vance?" Ich hatte Josh mehrere Male über diesen Kerl reden gehört und er war einer der Leute, die Josh während der vergangenen Wochen am häufigsten im Krankenhaus besucht hatten. „Ich hatte keine Ahnung, ich meine, ich hätte nie die Verbindung hergestellt."

Neil zuckte mit den Achseln. „Natürlich nicht, dazu bestand kein Grund. Jedenfalls gehe ich zufälligerweise manchmal nach Jersey, um meinem Bruder mit dem Training auszuhelfen. Es ist ein paarmal vorgekommen, dass er das Training wegen einer Familiensache mit seinen Kindern nicht leiten konnte und ich bin für ihn eingesprungen, wenn er mich gebraucht hat. Also hatte ich deinen jüngeren Bruder bereits kennengelernt, bevor ich dich überhaupt kennenlernte. Das realisierte ich jedoch erst später."

Ich konnte jetzt nicht mehr aufhören, ihn anzustarren. „Wie merkwürdig die Welt doch manchmal ist. Da hast du meinen Bruder schon kennenglernt, obwohl wir in einer Umgebung arbeiten, in der wir uns jederzeit hätten über den Weg laufen können."

„Ich weiß, es ist verrückt", stimmte Neil zu, während er einen Kuss auf meine Stirn drückte.

„Okay, aber warte mal. Wann hast du von seiner Transplantationsoperation erfahren? Hast du es erfahren, als du meine Bewerbung für die Auktion gesehen hast?"

Er schüttelte den Kopf, schwieg jedoch einen Augenblick, da Meredith mit einem vollbeladenen Frühstückstablett hochkam.

„Dankeschön", sagte ich, als sie alles auf den Tisch vor uns stellte. Ich hatte Hunger, wie auch schon die ganze Woche, wegen des erhöhten Aktivitätslevels. Doch mein Interesse daran, den Rest von Neils Geschichte zu hören, war größer.

Als Meredith gegangen war, sprach er wieder: „Ich erfuhr es eine Weile, nachdem er bei dem Footballspiel zusammengebrochen war. Meine Mom hatte mir erzählt, dass es einen Vorfall bei einem Spiel gegeben hätte oder so etwas. Die richtigen Details erfuhr ich jedoch erst eine Woche später von Brad. Es fand eine Spendengala statt, bei der meine Familie oft spendet. Brad und ich waren dort, als Date des jeweils anderen könnte man vermutlich sagen, weil meine Eltern an jenem Abend schon anderweitig verplant waren und nicht zu der Gala gehen konnten. Mich hat es nicht gestört, weil es immer eine gute Gelegenheit ist, um Verbindungen zu knüpfen und Visitenkarten zu verteilen. Man kann nie wissen, wer das nächste Clubmitglied sein könnte.

Jedenfalls hat Brad mir erzählt, was mit Josh passiert ist und ich… ehrlich gesagt, musste ich mich in jener Nacht davon abhalten, dich nicht anzurufen, zu fragen, was deine Familie brauchte, und zu dir zu eilen. Ich hasste den Gedanken, dass ihr alle leidet oder Probleme habt, einen Weg zu finden, eine solch drastische Operation zu bezahlen. Ich wusste, was für eine Herausforderung es ist, für so etwas zu bezahlen, weil ich mich noch daran erinnerte, als ich ein Kind war und meine Mom Krebs hatte. Es war damals ein Kampf für uns. Ein krankes Familienmitglied zu haben, das möglicherweise sterben könnte, muss eines der schwierigsten Dinge sein, die irgendjemand durchmachen kann."

Er strich einige Haare aus meinem Gesicht und drehte mein Kinn zu sich. „Geht es dir gut da drinnen? Ich meine, wirklich?"

Ich nickte und schenkte ihm ein winziges Lächeln. „Wirklich, an den meisten Tagen geht es mir gut. Ich mache mir hauptsächlich Sorgen um meine Mom und wie sie mit dem ganzen Stress zurechtkommt. Ich weiß, wie mein Vater das Ganze verarbeitet und kann an der Anzahl komplett ausgenommener Wägen, die momentan hinter seiner Werkstatt stehen, sehen, dass er die überschüssige Energie und Kummer in etwas Produktives wandelt."

„Aber du", wandte er ein, „was ist mit dir, Samara?"

Ich atmete tief ein, wobei ich den Kaffee roch, dessen Duft von dem Tablett zu mir wehte.

„Ich mache mir Sorgen, dass ich ihn verlieren werde. Ich mache mir Sorgen, dass nichts funktionieren wird oder dass die Operation schiefgeht und wir meinen Bruder direkt dort auf dem OP-Tisch verlieren. Das ist mein allerschlimmster Albtraum, Neil. Der Junge ist nur ein Kind. Ich weiß, er ist nur ein paar Jahre jünger als ich, aber ich bin seine große Schwester und das werde ich auch immer sein. Ich möchte ihn einfach nur beschützen und ihm sagen, dass alles gut werden wird. Zum ersten Mal in meinem Leben kann ich das nicht für ihn tun. Es gibt nichts, das ich oder meine Mom oder mein Dad tun können, um seine Ängste zu verscheuchen. Und das fühlt sich so verdammt ungerecht an."

Ich schluchzte jetzt und konnte mich nicht einmal daran erinnern, wann ich damit angefangen hatte, doch Neil zog mich in eine Umarmung und drückte mich dicht an sich, während ich weinte.

„Und daher hast du getan, was du tun konntest. Du hast beschlossen, einen Teil von dir selbst aufzugeben, damit du deinen Teil dazu beitragen konntest, deinen

Bruder zu retten. Das ist wirklich bewundernswert, Samara. Ich denke nicht, dass das etwas ist, das jeder tun würde."

Ich schaute wieder zu ihm hoch und wischte mir die Tränen aus den Augen. „Aber weißt du was? Die Sache, die mich bei all dem am meisten überrascht, ist, dass ich nicht das Gefühle habe, als hätte ich etwas aufgegeben."

„Was meinst du?", fragte Neil.

„Ich meine, dass mir mein ganzes Leben eingeredet wurde, dass meine Jungfräulichkeit eine große Sache wäre und letzten Endes war sie das nicht wirklich. Nicht, dass es keine ‚große Sache' war, du bist eine sehr große Sache, Neil." Wir lachten beide darüber. „Aber was ich meine ist, dass ich nicht das Gefühl habe, als hätte ich irgendetwas weggegeben. Ich habe keinen Teil von mir verloren. Ich habe einfach nur eine Tür zu einem neuen Teil geöffnet. Es gibt Dinge, die ich jetzt erleben kann, von denen ich zuvor noch nicht einmal gehört hatte."

„Ich sollte doch meinen, dass du in dieser Woche schon einige neue Dinge erlebt hast."

Ich grinste. „Du hast mir ein neues Universum eröffnet, das ich jetzt erkunden kann. Ich weiß nicht, wo ich ohne dich wäre, ehrlich."

Neil schenkte uns beiden eine Tasse Kaffee ein und wir saßen in der kühlen, frischen Frühlingsmorgenluft und genossen die warme Brühe. Es war wunderschön hier oben, über der Stadt, wo alles im ersten Licht des Tages in eine Art rosig goldenes Leuchten gehüllt war.

„Da wir gerade ehrlich miteinander sind… es gibt vermutlich noch etwas, das ich dir erzählen sollte", begann Neil leicht zögerlich.

„Und was ist das?"

„Zuerst lass mich einfach sagen, dass ich nie vorhatte, irgendetwas vor dir geheim zu halten. Ich war mir nicht sicher, ob du dich ansonsten jemals mit mir treffen würdest. Ich konnte bei unserem ersten Treffen schon erkennen, welche Meinung du von mir hattest, und ich wusste, dass ich keine Chance hatte. Selbst wenn ich deinen Bruder näher kennengelernt hätte, hätte es nie eine Gelegenheit für mich gegeben, das zu meinem Vorteil zu nutzen und dich dazu zu bringen, mit mir auf ein Date zu gehen. Und im Club gehen wilde Gerüchte über mich um. In der Minute, in der du Suzy meinen Namen genannt hättest, hätte sie dir zwölf verschiedene Dinge über mich erzählen können. Im Ernst, wie kommt es, dass du in all der Zeit, die du dort gearbeitet hast, noch nichts von diesen Dingen gehört hast?"

Ich zuckte mit den Achseln und trank einen weiteren Schluck meines Kaffees. „Ich gebe nichts auf Gerüchte", erwiderte ich nüchtern.

Neil rollte mit den Augen. „Tja, ich bin froh, dass du sie vermeiden konntest. Jedenfalls wusste ich, dass du dich nicht mit mir treffen würdest. Ich wusste, dass meine Chancen beschissen waren. Als ich also deinen Namen in dem Stapel der Namen entdeckte, die an unsere Elitemitglieder rausgehen sollten, schnappte ich mir deine Bewerbung, bevor sie irgendwo hingehen konnte. Du hast mein Büro buchstäblich nie verlassen, nachdem dein Name das Gebäude betreten hatte. Natürlich wusste Elle es bereits, weil sie die Liste zusammengestellt hatte, aber ich sagte ihr, sie solle dich sofort davon löschen und dass ich bezahlen würde, was auch immer der geforderte Preis war. Ich fühlte mich wie einer der verrückten, liebeskranken Kerle in einer dämlichen Romantikkomödie und war bereit alles zu tun, was ich konnte, damit niemand sonst dich in die Hände bekam."

Da drückte er mich fest und vergrub seine Nase in meinen Haaren, atmete mich ein.

„Wir sind sehr vorsichtig damit, wen wir reinlassen, aber wenn ich darüber nachdenke, wer dich in die Hände bekommen hätte können... das macht mich krank. Und wie knapp es war, dass das alles passiert wäre. Aber ich habe dich noch rechtzeitig erwischt."

Ich hatte Probleme damit zu verstehen, was nun die Sache war, bei der er ehrlich zu sein versuchte. „Ich wusste schon, dass du mich im Prinzip sehr früh reserviert hast. Elle hat mir erklärt, wie das funktioniert."

„Ja, aber es gibt da noch etwas anderes, von dem Elle nichts wusste."

„Was ist das?", fragte ich, zu diesem Zeitpunkt wirklich verwirrt.

Neil sah mir direkt in die Augen. „Samara, ich hätte sowieso für die Operation deines Bruders bezahlt. Es stand auf meiner Agenda an jenem Tag, Brad anzurufen und ihn zu fragen, mit wem ich darüber sprechen muss, dass ich die Arztrechnung übernehmen möchte. Ich hatte bereits den blanko Check für deine Eltern ausgestellt, aber dann sah ich deinen Namen."

Er hielt inne, um mich zu betrachten und meine Reaktion abzuwägen. Ich war überrascht von seinem Geständnis, aber nicht schockiert. Er war also von Anfang an gewillt gewesen, die Rechnungen zu bezahlen, das stand außer Frage. Was er einräumte war, dass er die Situation zu seinem Vorteil genutzt hatte, um mich zu erreichen und zu bekommen, was er wollte.

Ich griff nach oben und berührte seine Wange sanft. „Neil, ich kann dir das wohl kaum zum Vorwurf machen. Ich hätte gar nicht wissen können, dass du das für meinen Bruder tun würdest. Aber das ist so nett von dir. Ich denke, es zeigt, was für eine Art Herz du wirklich hast."

Er nahm meine Hand und zog sie an seine Brust. „Ich habe die Art von Herz, die alles tun würde, um in deiner Nähe zu sein. Ich hätte alles bezahlt, um diese Woche mit dir zu haben. Dass das je Realität werden könnte, war schon mehr als ich mir jemals hätte erträumen können."

Ich beugte mich zu ihm und küsste ihn zärtlich auf die Lippen.

„Letzter Tag", sagte ich.

„In der Tat", erwiderte er nickend. „Bist du bereit, von mir nach Hause gebracht zu werden?"

Ich ließ den Blick über die Stadt schweifen, die sich unter uns weit ausbreitete, und schüttelte den Kopf. Es war hier einfach zu schön, um schon zu gehen.

„Weißt du, ich glaube, ich kann noch ein Weilchen bleiben."

EPILOG

Sechs Monate später

Ich rieb mir nervös über den Nacken und drehte mich dann, um zu Neil hochzuschauen. Er lächelte und blickte auf mich hinab, um mir zu versichern, dass alles gut werden würde. Mein Bruder hatte einen langen Genesungsweg hinter sich. Die Transplantation war gut verlaufen, doch sie hatten ihn zur Vorsicht etwas länger als erwartet ihm Krankenhaus behalten.

Ich konnte den Schweiß auf meinen Handflächen spüren, als ich Hand in Hand mit Neil auf der vorderen Veranda meiner Eltern stand. Alle waren eingeladen worden, um Joshs Rückkehr nach Hause zu feiern. Er war vor einem Monat aus dem Krankenhaus entlassen worden, aber meine Mutter war der Meinung gewesen, es wäre besser, noch etwas zu warten, anstatt so kurz darauf so viel Aufregung und Trubel im Haus zu haben.

Neil und ich waren seit unserer ersten gemeinsamen Woche unzertrennlich. Wir waren zwei Menschen, die wie zwei Puzzlestücke zusammenpassten. Wir waren die Seelengefährten des jeweils anderen. Es heißt immer, man habe Glück, wenn man seinen Seelengefährten findet und dass es manchmal gar nicht passiert. Daher schätze ich, sollten wir beide unseren Glückssternen danken, dass wir einander gefunden hatten. Nachdem ich so viel Zeit mit Neil verbracht hatte, fand ich schnell heraus, dass er die gleichen Interessen und Lebensziele hatte wie ich. Er war im Herzen ein richtiger Familienmensch und als ich vor zwei Monaten die Gelegenheit hatte, seine Familie kennenzulernen, verliebte ich mich gleich noch mehr in ihn.

Die Krönung war jedoch, als wir eines Abends mit seinen Eltern zu Abend aßen. Wir wollten uns alle gerade über das wundervolle Essen hermachen, das seine Mutter frisch für uns gekocht hatte, als sich Neil mit einem Sektglas in der Hand erhob.

„Mom, Dad, ich habe eine Ankündigung zu machen", sagte er, sah sie beide an und drehte sich dann zu mir und lächelte. In seinen Augen funkelte eine Freude, die ich mittlerweile so gerne sah. „Schatz, du bist die Liebe meines Lebens." Neil hielt inne und stellte sein Glas auf den Tisch, während er auf ein Knie ging und in seine Tasche griff. Ich beobachtete schockiert, wie er eine burgunderrote Samtschachtel herauszog. Daraufhin sah Neil zu mir hoch und lächelte. „Ich weiß, wir sind erst seit sechs Monaten zusammen, aber du, Samara, bist alles, wovon ich immer geträumt habe. Du vervollständigst mich in jeder Hinsicht. Würdest du mir die Ehre erweisen, meine Frau zu werden?", fragte Neil, während er die Schachtel öffnete und einen Verlobungsring mit einem fünfkarätigen, kanariengelben Diamanten im Princess-Cut enthüllte.

In einer fließenden Bewegung flog meine Hand zu meinem Mund. Ich war geschockt, denn ich hatte keinen blassen Schimmer gehabt, dass er mir einen Antrag machen würde. Ich konnte spüren, dass mir Tränen in die Augen traten und dann über meine Wangen rollten. Ich lächelte und flüsterte schließlich: „Ja! Ja! Ich werde liebend gern deine Frau!" Ich konnte das Zittern meiner Hand nicht unterdrücken, als er den großen Verlobungsring auf meinen Finger schob. Ich war wie hypnotisiert, riss mich jedoch schließlich aus meiner Starre und warf meine Arme um seinen Hals. Einen Augenblick später begannen seine Eltern zu klatschen und wir drehten uns um und sahen ihr Lächeln.

„Oh ihr Lieben. Wir freuen uns so sehr für euch", sagte seine Mutter, erhob sich und umarmte uns beide. Sein Vater folgte ihrem Beispiel direkt im Anschluss.

Und jetzt stand ich hier auf der Veranda meiner Eltern mit der Liebe meines Lebens und verflucht nervös, wie alle auf die Neuigkeit reagieren würden. Einen Moment später öffnete ich die Tür und lief hindurch, woraufhin ich feststellte, dass das kleine Wohnzimmer meiner Eltern voller Freunde und Familie war, die sich unterhielten.

„Schätzchen, ihr habt es geschafft", rief meine Mom, die zu uns eilte, um uns zu begrüßen.

„Natürlich, Mom. Ich hätte es um nichts in der Welt verpasst." Ich küsste sie sanft auf die Wange und dann gestikulierte ich zu Neil. „Mom, erinnerst du dich an Neil?"

„Ja, selbstverständlich. Es ist so schön, dich wiederzusehen", sagte sie und zog ihn in eine Umarmung. Meine Mom war niemand, der sich mit einem Händeschütteln begnügte. „Kommt rein und sagt allen ‚Hallo'. Ich werde deinem Bruder Bescheid geben, dass du hier bist."

Wir machten uns auf den Weg in den Raum und ich sagte allen ‚Hallo' und umarmte sie, während ich Neil den Leuten vorstellte, die er noch nicht kennengelernt hatte. Unterdessen kam Josh endlich aus der Küche herein. Er grinste von einem Ohr zum anderen. Gott, es tat so gut, zu sehen, dass er sich wieder kräftiger fühlte; sein altes Selbst war.

„Hey, du", begrüßte ich ihn lächelnd und zog ihn in eine Umarmung. „Wie fühlst du dich?", fragte ich, während ich zu ihm hochsah.

„Ich fühle mich gut. Werde mit jedem Tag stärker." Josh lächelte. „Hey, Neil. Ich freue mich so sehr, dass du gekommen bist, Mann. Dein Bruder ist in der Küche und fällt über das Essen her."

Neil lachte und schlug Josh leicht auf die Schulter. „Ich freue mich, dass es dir besser geht, Kumpel."

Nachdem eine Stunde vorüber war brachten meine Mom und Dad eine große Torte für Josh und wir beobachteten, wie er die Kerzen ausblies und allen für ihr Kommen dankte. Ich saß neben Neil auf dem Zweisitzer, während meine Mom und Dad eine kurze Rede über Familie, das Unbekannte und darüber, nie im Leben etwas für selbstverständlich zu nehmen, hielten. Als sie ihre Gläser zu einem Trinkspruch hoben, taten wir das ebenfalls. Ich nippte an meinem Wein und spürte dann, dass Neil meine Hand losließ und aufstand. Mein Herz begann wie wild zu schlagen, als er zu sprechen anfing.

„Mr. und Mrs. Tanza, alle miteinander. Ich habe auch Neuigkeiten, die ich gerne mit euch allen teilen würde", verkündete er und blickte dann zu mir hinab. Er griff nach meiner Hand und zog mich auf die Füße, sodass ich neben ihm stand. Als ich in die Menge blickte, landeten meine Augen sofort auf meiner Mutter und dann meinem Vater. Sie konnte mich schon immer wie ein offenes Buch lesen. Sie hatte die Hand vor den Mund geschlagen, fast bereit, in Tränen auszubrechen, und mein Dad hatte ein breites Grinsen im Gesicht.

„Ich würde gerne verkünden, dass ich Samara vor einer Weile einen Antrag gemacht habe und sie ihn angenommen hat. Wir werden heiraten!", sagte er fröhlich.

Ich fing den Blick meines Bruders auf und er schenkte mir ein stolzes Lächeln und einen gereckten Daumen.

Als die Menge in Jubel ausbrach, beobachtete ich, wie meine Eltern zu uns kamen. „Herzlichen Glückwunsch, Schätzchen. Wir freuen uns so sehr für euch beide", sagten sie, während sie uns jeweils einen Kuss und eine Umarmung gaben.

„Ihr wusstet es?", fragte ich und schaute zu meinem Dad.

„Natürlich. So etwas macht man doch nicht, ohne vorher die Erlaubnis der Eltern einzuholen, oder?", erwiderte er, wobei er Neil kurz zuzwinkerte.

„Schatz, ich wollte nicht, dass du durchdrehst. Eine Woche, bevor ich dir den Antrag gemacht habe, habe ich mich mit deinen Eltern zum Lunch getroffen. Mir war nicht wohl dabei, um deine Hand anzuhalten, bevor ich nicht um ihren Segen gebeten hatte. Ich hoffe, du bist deswegen nicht sauer?"

Ich lächelte vor mich hin, da ich mir ein bisschen idiotisch vorkam, weil ich so nervös gewesen war. Ich hätte wissen sollen, dass er das tun würde. Neil war eine altmodische Seele. Ich schlug ihm auf den Arm und sagte: „Es ist in Ordnung. Du hast den Rest deines Lebens, um es wieder gut zu machen."

Bad Behavior

Bad Reputation

ÜBER DIE AUTORIN

Jessa James ist an der Ostküste aufgewachsen, leidet aber an Fernweh. Sie hat in sechs verschiedenen Staaten gelebt, viele verschiedene Jobs gehabt und kommt immer wieder zurück zu ihrer ersten großen Liebe – dem Schreiben. Jessa arbeitet als Schriftstellerin in Vollzeit, isst zu viel dunkle Schokolade, ist süchtig nach Eiskaffee und Cheetos und bekommt nie genug von sexy Alphamännchen, die genau wissen, was sie wollen – und keine Angst haben, dies auch zu sagen. Insta-luvs mit dominanten, Alphamännern liest (und schreibt) sie am liebsten.

HIER für den Newsletter von Jessa anmelden:
http://bit.ly/JessaJames